KB078429

Return
Avenger
귀환해서
복수한다

귀환해서 복수한다 4

홍성은 장편소설

초판 1쇄 찍은 날 § 2016년 8월 19일
초판 1쇄 펴낸 날 § 2016년 8월 26일

지은이 § 홍성은
펴낸이 § 서경석

편집책임 § 이지연

펴낸곳 § 도서출판 청어람
등록번호 § 제387-1999-000006호
등록일자 § 1999. 5. 31
어람번호 § 제1-2511호

주소 § 경기도 부천시 원미구 부일로 483번길 40 서경B/D 3F (우) 14640
전화 § 032-656-4452 팩스 § 032-656-4453
http://www.chungeoram.com
E-mail § chungeorambook@daum.net

ISBN 979-11-04-90941-2 04810
ISBN 979-11-04-90861-3 (세트)

홍성은 장편소설
FUSION FANTASTIC STORY
Return Avenger
귀환해서 복수한다
4
도서출판 청어람

C O N T E N T S

Return Avenger

귀환해서 복수한다

23장

화요일

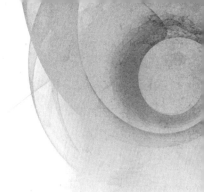

화요일.

바로 북한산 차원 균열로 직행하려던 현오준 팀의 발목을 붙잡는 사건이 발생했다.

"권우언 팀이 정상화될 때까지 차원 균열 돌입 작전에 대한 허가는 내줄 수 없다고 합니다."

간신히 분노를 참아내며 현오준은 팀원들에게 말했다.

"권우언 팀장하고는 연락해 보셨습니까?"

"네. A급 팀원 둘이 중태… 전치 8주라고 합니다."

최재철의 질문에 현오준은 어두운 낯빛으로 대답했다.

"전치 8주요? 두 달 가까이 되지 않나요?"

"네. 이사회는 사실상 저희를 그 기간 동안 묶어놓을 생각인 것 같습니다."

최재철의 입장에서야 충분히 다 예견된 상황이었다. 어제 권우언 본인에게서 전화로 들은 이야기도 있었으니, 이 정도 견제는 그래도 가벼운 축에 들었다.

'문제는 견제가 이 정도로 끝나지는 않을 거라는 점이지만.'

권우언의 말을 빌리자면 현오준 팀 전원이 축출될 수도 있었다.

그 이전에 오연화에게는 최재철에게 했던 것과 마찬가지로 회유를 시도할 가능성도 있다. 아니, 어쩌면 이미 시도는 했을지도 모른다.

"지난번과는 달리 차원 균열 너머에 대한 기사는 하나도 뜨지 않았군요."

현오준의 입장에서는 여론을 몰아서 윗선을 움직여 볼 생각도 있었던 듯하지만, 기사가 안 떠서야 여론이고, 뭐고 형성될 여지가 없다.

"아마도 통제가 된 탓이겠죠."

최재철이 말했다. '아마도'라는 말을 덧붙이긴 했지만 확신에 가까운 어투였다.

이것 또한 어제 권우언과의 통화에서 얻어낼 수 있었던 가설 중 하나였다. 권우언의 아버지인 권지력 이사의 파벌이 정말로 언론을 장악할 수 있다면 다른 파벌의 언론 접촉을 막아낼 수 있었으리라.

"제가… 제가 뭘 어떻게 할 수 있을지도 몰라요."

오연화가 조심스럽게 입을 열었다.

"사실은 어제 권우언 팀장의 연락을 받았어요. 자기 팀에 오지 않겠냐고……. 만약 오지 않으면 지금 팀을 박살 내버리겠다고……."

오연화는 거기까지 말하고 울먹거리기 시작했다. 아무리 S급 랭커라지만 아직 미성년자인 그녀에게는 꽤 심적인 부담을 주는 위협이었을 것이다.

"연화야."

최재철이 그녀의 어깨에 손을 올려 두드렸다.

"나한테도 그 전화는 왔어."

"네? 선생님한테도요? 그럼……."

오연화가 구문효와 이지희에게 시선을 돌렸다.

"저한텐 안 왔습니다, 사저."

"나한테도 안 왔어."

두 사람의 대답을 들은 오연화의 눈빛이 반짝 빛났다.

"그럼 우리 둘한테만 온 거네요?"

"야……."

오연화의 반응 탓에 어째 좀 긴장감이 풀어지는 분위기였지만, 현오준만은 달랐다. 그의 표정은 심각해져 있었다.

"템퍼링이라니… 권우언 팀장이 도를 넘어섰군요."

"그보다는 팀을 박살 내겠다는 협박을 신경 쓰셔야 되는 거 아닙니까? 팀장님."

　최재철은 헛웃음을 지었다.

"보고가 늦어져서 죄송합니다. 원래는 바로 말씀드려야 하는 건데, 아침부터……."

"네, 이런 사안이 있었죠. 현재 진행형이고 말입니다."

　현오준도 쓴웃음을 숨기지 못했다.

"이게 다 연결이 되는 거고……. 오연화 씨의 말대로라면 이대로 팀이 묶여 있다가 저성과자로 몰려서 해고당할 수도 있겠군요."

　그 쓴웃음조차 금방 사라지고, 심각함이 그 자리를 대체했다.

"…저들의 시나리오대로 일이 흘러가는 건 마음에 들지 않는군요."

　잠깐의 침묵 끝에 최재철이 입을 열었다.

"좋은 아이디어라도?"

"네, 뭐. 그리 좋은 아이디어는 아닙니다만."

　그의 두 눈이 서슬 퍼렇게 빛났다.

"저도 그렇고, 연화도 그렇고 저희 팀은 두 번이나 협박을 당했습니다. 그럼 저희도 협박 한 번 정도는 할 권리가 있지 않을까요?"

                    *   *   *

최재철의 아이디어는 간단했다.

"권우언을 잡아왔습니다."

납치였다.

"협박이 아니잖습니까……."

현오준이 머리가 아파진 듯 자신의 관자놀이를 꾹꾹 눌러 대었다.

"아뇨, 협박은 이제부터 할 겁니다."

"이제부터?!"

권우언이 놀랐다. 권우언이 놀라는 걸 보고 현오준도 놀랐다.

"아니, 권우언 팀장. 당신이 왜 놀라죠? 협박당해서 끌려온 거 아닙니까?"

"전 그냥 최재철 씨가 같이 어딜 좀 가자고 해서 온 겁니다만……."

권우언의 말은 사실이었다. 어제 전화로는 적이니, 뭐니 실컷 떠든 주제에 같이 좀 가자고 하니 권우언은 홀랑 따라왔다. 어째 순진한 어린아이를 납치하는 것 같아서 기분이 좀 이상하기는 했지만, 상대가 순진한 게 이쪽 잘못은 아니지 않은가.

"예, 권우언 팀장. 전 당신이 저와 어딜 좀 같이 가주셨으면 해서 모셔온 겁니다."

최재철의 말에 권우언은 조금 전보다 두려운 기색을 띤 표정으로 되물었다.

"거기가 어디죠?"

"차원 균열의 너머로."

최재철의 눈동자가 위험하게 빛났다.

"안 됩니다, 안 돼요! 그런 독단적인 작전 수행은 이사회에서 막을 겁니다."

권우언은 소스라치게 놀라며 외쳤다.

"아뇨, 권우언 팀장. 저희가 받은 지시는 권우언 팀이 정상화될 때까지만 기다리는 것이었습니다. 그리고 권우언 팀의 정상화는 권우언 팀장에게 달려 있죠."

그렇게 말한 건 현오준이었다. 이미 그는 공범자가 될 결심을 굳힌 모양이었다.

"뭐, 사실 팀이란 팀장 하나만 있어도 성립하는 법이니까요. 정상화되었다고 말씀만 해주시면 됩니다. 아, 그 대답은 이미 들었다고 쳐드리죠. 고문이고, 협박이고 할 필요가 없어져서 다행입니다."

미리 입을 맞춘 것도 상의를 한 것도 아닌데 현오준은 자기 역할을 참 잘 수행해 주고 있었다.

"하지만 이사회에 의해 저희 팀은 당신 팀과 동행이 의무화되어 있으므로 이제부터 권우언씨는 저희와 동행해 주셔야겠습니다."

새하얗게 질린 표정의 권우언에게 최후의 선고가 떨어졌다. 물론 그 권고를 거부할 여지가 권우언에게는 없었다.

*　　　　*　　　　*

"이래도 되는 건가요? 사실상 명령 불복종 같은데."

"여긴 군대가 아닙니다, 이지희 씨. 회사죠. 성과를 내면 대부분 용서됩니다."

이지희의 질문에 대한 현오준의 대답은 지나치게 희망적이라고도 볼 수 있었다.

원칙적으로야 회사는 이윤을 추구하는 단체니, 그 목적이 충족되면 내부적인 문제는 어느 정도 해결되는 게 맞기는 했다. 그렇다고 지시를 어기고 독단적으로 움직여서 얻은 성과에 좋은 평가를 내려주는 높으신 분은 드물다. 더욱이 수직적인 성향이 강한 한국에서야 더욱 그렇다.

하지만 파벌을 나누기 좋아하는 사내의 일부 윗선들에 의해 현오준 팀이 적대 파벌에 속한 걸로 인지되어 버린 이상, 그들의 TA에서의 장래는 그리 밝지 않았다. 그렇다고 현오준 팀이 정말로 그 예의 '적대 파벌'에 속한 것도 아니니 지원을 바랄 수도 없었다.

기본적으로 윗사람들이란 아래에서의 변화를 그리 좋아하지 않는다. 그게 자신의 이익과 관련된 사항이라면 더더욱 민감하게 받아들인다. 자신에게 이익이 된다면 '눈감아'주지만, 아니라면 강경하게 제압하려고 든다.

현오준 팀에게 일어난 일이 바로 그것이었다. 원래대로라면 성과가 없어야 할 팀이 급속히 성과를 내고 두각을 드러내자, 견제가 시작된 것이다.

여기서 현오준이 내릴 수 있는 판단은 두 가지다. 망치를 맞고 찌그러지던가, 아니면 더 큰 성과를 내고 더욱더 두각을 드러내서 못 대신 쐐기가 되던가.

현오준의 대답은 후자였다.

'괜찮은 선택이지.'

최재철은 생각했다.

'사실은 한 가지 선택지가 더 있지만.'

그건 퇴사다. 이 팀 자체를 데리고 나가서 새로운 회사를 꾸려 버리는 것이다.

하지만 이 미래도 그리 밝지는 않았다. TA에게 있어서는 내부의 적이 외부의 적으로 된 것일 뿐일 테니. TA에 남아 있을지도 모르는 그들의 지지자들조차 적으로 돌릴 위험성이 있었다.

결국 어느 쪽이든 실적이 필요하다는 점에서는 일맥상통했다. 이참에 권지력 이사의 파벌에 숙이고 들어가든, 반대 파벌에 지지를 요청하든, 이 회사를 박치고 나가든.

어차피 그냥 아무것도 안 하고 있었으면 현오준은 낙동강 오리알이다. 팀원들만 빼앗기고 내쫓긴 후, 차원 균열 너머의 탐사에 대한 업적은 권우언에게 고스란히 넘겨주게 되리라.

'참, 순둥이인 줄 알았는데 할 땐 또 한단 말이지.'

별로 안 좋았던 첫 인상과 비교해 보면 최재철 속에서 현오준의 인상은 꽤 많이 변했다.

"이건 무력 시위입니다!"

권우언이 울먹거리며 말했다.

"뭐, 물론 그렇긴 합니다만, 권우언 팀장."

현오준이 대꾸했다.

"당신은 저를 적이라고 말했잖습니까? 그럼 지금 저희에게 사로잡혀 있는 당신은 포로입니다. 포로가 어떻게 행동해야 하는지 일일이 알려 드려야 합니까?"

그러자 권우언은 현오준의 말뜻을 대충이나마 알아먹었는지 순순히 닥쳤다.

그들은 지금 현오준의 개인 차량으로 이동하고 있었다. 이

사회의 정식 승인을 받은 작전인 건 여전히 아니었기 때문에 헬기 사용 허가도 받을 수 없었다. 아니, 허가를 받으려는 시도조차 막힐 위험성이 있었다.

그러니 유구언 팀의 협조도 요구할 수 없었다. 화력지원 팀에 대해서는 말할 필요도 없다. 이번 작전은 전부 현오준 팀 단독으로 진행해야 했다. 그나마 권우언이라는 '인질'이 있고 현오준의 행동이 빨라서 방해라도 받지 않는 걸 다행으로 여겨야 했다.

물론 그런 악조건들은 지금의 현오준 팀에게는 전혀 장해가 되지 않는다.

북한산 차원 균열을 지키는 방위 부대와의 협력은 쉬웠다. 애초에 TA는 자사의 인력으로 경비 부대를 설치한 것이 아니라 한국군과 연계해서 주변 통제와 혹시나 모를 어보미네이션 출현에 대한 경계를 실시하고 있었다.

그러니 작전 명령서를 들고 온 방위 부대는 통행 허가를 쉽게 내주었다. 평소에는 헬기 타고 오던 인간들이 왜 오늘따라 차량으로 왔느냐는 농담 같은 질문이 날아오긴 했지만, 현오준이 의연히 대처했다.

"노는 헬기가 없어서요."

자주 있는 일이다.

그들은 철조망을 통과해 차원 균열 영역으로 들어섰다.

"자, 옷들 갈아입으시죠. 여성들은 차 안에서, 남자는 밖이
군요."

"저도 그 웃긴 복장으로 갈아입어야 하는 겁니까?"

현오준의 지시에 권우언의 입술이 댓 발처럼 나왔다.

"차원 균열 안에 한 번 갔다 오신 분이 어리석은 질문을 하
시는군요. 하지만 대답해 드리죠. 예, 그렇습니다. 안 갈아입
으면 때릴 겁니다."

"그런 어린애 같은 협박이……! 큭!!"

말은 그렇게 하면서 권우언은 순순히 갈아입었다.

"저한테 칼도 주시는 겁니까, 현오준 팀장?"

"그럼요, 물론이죠. 그게 뭐 어렵겠습니까? 그 칼로 절 찔러
도 제 살갗 한 장 못 벗겨낼 테니, 제가 걱정할 건 아무것도
없습니다."

사실 좀 과장된 소리긴 했지만, 권우언은 그 말을 듣고 찍
소리 못 했다. 오히려 어제보다 현오준에 대한 말투가 많이 공
손해진 게 재미있기까지 했다.

"자, 그럼 갑시다!"

무장을 마친 현오준 팀은 헬필드 안으로 뚜벅뚜벅 걸어 들
어갔다.

*   *   *

이 정도의 대인원이 발소리도 안 죽이고 들어가는 거다. 반응이 없을 리는 없었다. 리자드독 몇 마리와 크로코리안 몇 마리가 튀어나왔다. 물론 그게 문제는 되지 않았다.

"들어가죠!"

"히, 히익!!"

차원 균열을 바로 앞에 둔 권우언은 이상한 비명을 질렀지만, 그의 손목은 이미 현오준에게 잡힌 뒤였다.

차원 균열을 들어서자마자 일어나는 현상, 어보미네이션 웨이브!

"이럴 줄 알았어!"

권우언은 비명을 질렀지만 1분 후에 어보미네이션 웨이브는 정리되어 있었다.

"여러 번 자주 와서 그런지 어보미네이션의 숫자가 많이 줄었군요."

"저희 모습을 기억하고 내빼는 놈들도 많아졌고요."

아무렇지도 않게 대화하는 현오준과 최재철을 권우언은 이상한 괴물 보듯 했다.

"당신들, 뭐야?"

"어벤저입니다만."

"네, 어벤저."

자신의 질문에 당연한 대답을 하는 두 사람을 본 권우언은 답답한 듯 말했다.

"그건 나도, 저도 그래요!"

"쓸데없는 소린 그만하고 이 어보미네이션 시체들이나 밖으로 옮기시죠."

현오준이 답답한 듯 지시했다.

"전 당신의 팀원이 아닙니다!"

"공헌도가 필요하지 않습니까? 여기서 당신 공헌도를 보고해 줄 사람은 저밖에 없습니다."

현오준의 말에 권우언은 입을 다물고 어보미네이션 시체를 옮기기 시작했다.

'나름 귀여운 구석이 있네, 저 사람.'

최재철은 픽 웃으며 생각했다.

*　　　　*　　　　*

"여기가……!"

권우언의 눈동자가 경악으로 인해 커졌다.

"틈새 차원입니다."

현오준이 말했다. 그들 일행은 이미 확보한 길을 통해 차원 균열의 출구로 나와 틈새 차원에 도달해 있었다.

"뭐, 보고로는 이미 올라가 있고 권우언 팀장도 그 보고서를 보셨을 거라고 생각합니다만."

"…팀장급인 제게 보고서를 볼 권한 같은 건 없습니다만."

"하지만 보셨잖습니까?"

"……."

권우언은 대답하지 못했다. 대답한 거나 마찬가지였다.

"어쨌든 이 공간에 대해서는 저희도 '본 것'뿐입니다. 아무런 증거물을 가져오지 못했죠. 그리고 이제부터 그걸 가지러 갈 겁니다."

"그게 뭐죠?"

"그거야 저도 모르죠."

현오준은 당당하게 대답했다. 어이가 없어 입을 다문 권우언에게 현오준은 이어 말했다.

"뭔가 대단한 걸 가져가지 않으면 당신을 억지로 납치해서 여기까지 온 게 범죄가 되어버릴 테니 말이죠."

"뭔가 대단한 게 필요하단 소립니까?"

"그렇죠!"

"그게 뭔지는 댁도 모르고?"

"네!"

현오준은 권우언이 그를 가리키는 대명사가 '댁'이 되었음에도 별로 신경 쓰지 않고 그냥 고개를 끄덕였다. 현오준의 눈동자는 이미 모험심으로 인해 반짝반짝 빛나고 있었다.

'10대 초반의 소년도 아니고.'

최재철은 피식 웃었다.

"그럼 가볼까요?"

＊　　　　＊　　　　＊

장비라고 해도 대단한 걸 챙겨온 건 아니다. 여전히 급조된 레펠 장비와 밧줄, 부싯돌이나 철제 바늘 같은 전근대적 기술로 만들어진 생존용 키트, 그리고 5일치의 물과 건조 식량.

그래도 현대 기술을 사용할 수 없었기 때문에 무슨 군장처럼 개인당 30㎏의 짐을 여기까지 질질 끌고 오는 건 꽤 귀찮았다. 신체 강화 능력을 사용할 수 있는 인원이야 별문제 없이 옮길 수 있었지만, 문제는 체구도 작고 신체 강화 능력도 서툰 오연화와… 권우언이었다.

"권우언 팀장, 힘듭니까?"

권우언은 헉헉거리며 대답하질 못했다. 동굴 안에서는 그래도 잘 버틴다 싶더니만, 이 밀림에 내려온 뒤로 영 맥을 못 추고 있었다.

그도 그럴 만했다. 다른 사람들도 미묘하게 느끼고는 있겠지만 이 밀림 지대는 지구보다 중력이 약간 높다.

"쉬자고 말씀드리고 싶지만 적당히 쉴 만한 곳을 찾기가 힘들군요."

달려드는 닭머리뱀의 머리를 날려 버리며 현오준이 말했다.

닭머리뱀이란 말 그대로 닭의 머리를 한 뱀을 가리킨다. 이 밀림 지대에서 끊임없이 출현하고 있는 마수로, 보기에는 웃겨 보이고, 크기도 그렇게 위협적이지 않지만 중력을 무시하고 날아다니는지라 기상천외한 각도에서 기습을 가해온다.

게다가 물리면 특이한 독이 몸에 퍼져서 지능이 떨어진다. 닭머리뱀 무리에게 공격당한 사냥감은 점점 멍청해지다가 결국 백치가 되어 산 채로 뜯어 먹힌다.

실제로 현오준 팀도 감지 능력이 특별난 오연화와 최재철이 없었더라면 몇 명은 죽었을 것이다. 그들은 닭머리뱀의 기습을 전부 간파하고 오연화가 염동력 손아귀로 잡아채거나 최재철이 목을 잘라 버리고 있었다.

오연화의 그 공적을 높게 사서 다른 팀원들이 오연화의 물을 조금씩 나눠 들어주고 있었다. 그래서 오연화는 생각보다 멀쩡했지만, 권우언은 그렇지 않았다.

이 사람은 지금 그냥 짐짝이었다.

"제가 온다고 한 것도 아니잖습니까!"

참다못한 권우언이 그렇게 소릴 빽 질렀다.

"앗, 바보!"

오연화가 그를 탓했다. 아니나 다를까, 권우언의 외침에 반응해 대량의 닭머리뱀이 수풀에서 뛰쳐나왔다.

"한 번 쓰겠습니다!"

이지희가 나섰다. 그녀를 중심으로 뇌전이 확 퍼져 나가 달려드는 닭머리뱀들을 다 태워 버렸다. '꼬꼬댁!' 하는 비명이 애처롭다.

"그나마 이 녀석들은 목숨이 하나뿐이라 다행이로군요. 하지만 왜죠?"

현오준이 고개를 갸웃거렸다. 뒤늦은 의문이었다.

최재철은 답을 알고 있었다. 사실 이 닭머리뱀은 다른 거대 어보미네이션의 '일부분'이기 때문이다. 그리고 그 거대 어보미네이션이 이 '차원 세포'의 '보스'이다.

차원 세포라는 건 차원의 최소 단위이다. 이미 안정된 '늙은' 다른 차원이라면 신경 쓸 필요가 없는 개념이다. 늙은 차원의 모든 세포가 유기적으로 연결되어 있어 구별되지 않고 균질한 성질을 지니니, 그냥 하나의 차원이나 마찬가지다.

하지만 이 틈새 차원에서는 다르다. 불과 수백 미터 단위로 전혀 다른 환경이 자리 잡은 이유가 세포마다 다른 차원의 영향을 받았기 때문이다. 그래서 이 세포 하나하나가 각각의 차원이나 다름없고, 세포마다 보이지 않는 격벽으로 막혀 있다.

틈새 차원의 모험은 이 차원 세포를 하나씩 점령해 나가는 과정이라고 보면 된다. 자신의 차원과 연결된 차원 균열 주변의 차원 세포를 안정화시키면서 새로운 차원 균열이 열릴 가능성을 줄이고, 나아가 점령에 따른 '보상'을 얻는 것이 목적이다.

이런 설명을 지금 팀원들에게 할 필요는 최재철도 느끼지 못했다. 이런 걸 알려주려면 그의 비밀도 함께 알려줘야 하는데, 이 자리에는 권우언이 있으니까.

"권우언 팀장, 너무 경솔한 행동은 저지르지 마십시오. 당신도 아실 거 아닙니까, 차원 균열 주변에서의 행동 원칙을."

"죄, 죄송합니다."

현오준의 말에 권우언은 사죄를 했다. 한숨을 내쉰 현오준은 그의 짐에서 물통을 뺐었다.

"필요한 만큼 마시세요."

권우언이 목을 축이고 나자, 현오준은 그 하루치의 물을 버렸다.

"가장 무거운 것이 물의 무게이니 하나만 버리도록 하겠습니다. 하지만 앞으로는……."

"알고 있습니다. 물을 나눠주지는 않으실 거라는 거죠?"

권우언이 적대적인 시선으로 현오준을 노려보며 말했다.

밀림에서는 식수를 얻는 것이 의외로 힘들다. 눈에 보이는 물은 많지만 그것들이 안전하지 않기 때문이다. 마시면 이상한 병에 걸릴 수도 있고 물에 독이 섞여 있을 수도 있다. 그것도 데이터가 없는 외계의 정글이다. 위험도는 더욱 높았다.

가져온 물이 다 떨어진다는 것은 생명줄이 하나 사라진다는 것이나 다름없다. 그야 아무리 불리한 상황이더라도 적대적인 시선으로 볼 법도 했다.

"움직이죠."

"어디로 말입니까?"

"아까부터 닭대가리의 출현이 잦아지고 있어요. 그쪽으로 갈 겁니다."

"위험하지 않습니까?"

"위험하죠. 하지만 거기에 뭔가 있을 겁니다."

현오준과 권우언의 대화를 들으며, 최재철은 현오준이 날카롭다고 생각했다. 그의 예상이 맞았기 때문이다.

"아까도 말씀드렸지만 저희에게는 성과가 필요합니다, 권우언 팀장."

현오준의 그 말을 듣고서야 권우언은 입을 다물었다.

그때였다.

쿵……! 쿵……! 쿵……!

지축이 울리는 소리가 들렸다. 게다가 점점 더 가까워지고 있었다. 뭔가 거대한 것이 이쪽으로 오는 소리였다.

최재철은 즉시 칼을 빼어 들었다. 다른 팀원들도 그를 따라 칼을 뽑았다.

빽빽한 밀림의 나뭇가지들을 헤치고, 거인의 모습이 드러났다.

거인의 모습은 기괴했다. 일단 인간형의 모습이기는 했다. 하지만 그 머리가 지나치게 비대했고, 동체는 짧았으며, 팔은 얇고 짧았다. 다리에 와서는 다시 비대해져 쿵쿵 지축을 울리던 것이 그 발임을 짐작하게 하였다.

무엇보다 인상적인 것은 그 머리카락 하나하나가 모두 닭머리뱀이었다는 점이다.

"메두사!"

현오준이 반사적으로 외쳤다. 하지만 이번에는 그가 틀렸다.

[나는 그따위 웃긴 이름의 주인이 아니다, 이방인.]

거인이 말했다. 거인에게는 입이 없었으므로 말했다는 표현은 그다지 적절하지 못했다. 그의 언어는 목소리가 아닌 방식으로 현오준 팀에게 울려 퍼졌다.

[나는 이 차원 세포의 주인, 톨름이다.]

"주인이라고……?!"

톨름의 대답에 현오준은 충격을 받은 듯 그 말을 되뇌었다. 대답은 곧 돌아왔다.

[그렇다. 이방인, 나는 내 소개를 했다. 이번에는 자네들이 소개를 할 차례로군.]

"그럴 필요는 없다."

최재철이 나섰다. 이 거인과 대화를 계속하는 건 그리 좋지 않다. 겉보기에는 웃겨 보이는 이 거인은 사실은 꽤 위협적인 상대다. 더 이상 숨길 것도 없이 이 거인이야말로 닭머리뱀의 주인이자 이 차원 세포의 보스다.

"최재철 씨?"

권우언이 놀라서 그의 이름을 불렀다. 그걸 들은 톨름이 희희낙락했다.

[네 이름은 최재철이로군?]

최재철은 그 물음에 대답하지 않았다. 대신 빼어 든 칼을 그대로 톨름을 향해 휘둘렀다. 차원력 커터가 한껏 실린 그의 철검이 톨름의 비대한 다리를 찍어 내렸다.

"샤아아아앗!!"

톨름의 머리에 난 닭머리뱀들이 동시에 고통의 비명을 질렀다. 소름 돋는 뱀 무리의 비명을 무시하고, 최재철이 외쳤다.

"쳐!!"

그 외침에 가장 먼저 반응한 것은 현오준이었다. 그는 즉시 톨름에게 달려들어 최재철이 공격하지 않은 쪽의 다리를 칼로 쳤다.

"샤샤샷!!"

톨름의 머리에서 닭머리뱀들이 뿜어져 나와 최재철과 현오준을 덮쳤다. 그러나 그 닭머리뱀의 무리는 이지희가 내뿜은 뇌전에 지져져 별 활약을 못 했다.

그 사이에 최재철의 일 검이 한 번 더 작렬해 비대한 다리를 잘라내 버리고 말았다. 결국 톨름의 몸은 더 이상 그 자리에 버텨 서지 못하고 무너져 내렸다.

[이 대화도 모르는 야만 차원 놈들이!!]

"닥쳐라!!"

최재철은 일언지하에 톨름의 말을 자르고 무너진 톨름의 몸에 단박에 뛰어올라 목을 쳐냈다. 톨름의 목이 지면에 떨어지자 수백 마리의 닭머리뱀이 한꺼번에 와르륵 그 머리에서 빠져나와 도망치기 시작했다.

"으……!"

본능적으로 혐오감을 느낀 오연화가 그 광경으로부터 고개를 돌렸다.

"아직 안 끝났어!!"

최재철이 외치며 톨름의 몸에서 뛰어내렸다. 많은 피해를 입었던 톨름의 몸이 원래 상태대로 재생되고 있었다. 한 번 목숨을 잃었던 탓에 다시 되살아나고 있는 것이다. 목숨이 세 개인 어보미네이션의 특성을 톨름도 갖고 있다는 증거였다.

[최재철! 저주받아라!!]

톨름은 되살아나자마자 그렇게 외쳤다. 저주의 눈빛이 최재철을 향했다. 그의 몸이 돌처럼 굳기 시작했다.

"선생님!!"

오연화가 비명을 외쳤다.

"후."

하지만 최재철은 짧게 웃으며 톨름을 가리켰다. 오연화는 본능적으로 어벤저 스킬을 사용했다. 염동력으로 칼을 들어서 톨름의 목을 마구 내려치기 시작했다.

"연계할게!"

이지희가 외쳤다. 오연화가 칼을 톨름의 목에 아예 꽂아버리자, 낙뢰가 그 위로 떨어졌다. 철검이 피뢰침처럼 뇌전을 인도해 톨름의 내부에 타격을 주었다.

"아직 안 죽었어!"

"한 번 더!!"

오연화의 외침에 이지희는 필사적으로 온몸에서 차원력을 그러모아 전력을 다한 뇌전을 꽂았다. 쾅!

"잘했다!"

저주에서 풀려난 최재철이 두 제자를 칭찬했다. 톨름이 한 번 더 죽어 저주가 소용없어진 덕분이었다.

"선생님!"

"스승님!!"

"마지막 한 번이다!!"

최재철은 톨름 쪽을 가리켰다. 그의 말대로 톨름은 다시 살아나고 있었다. 마지막 생명이었다.

[기다리게! 기다려 주게!!]

톨름은 외쳤다. 하지만 이미 구문효가 그의 목을 향해 달려들고 있었다. 그것도 점멸로.

그의 칼이 빛으로 하얗게 빛나고 있었다.

"처먹어라!!"

구문효의 빛으로 물든 검이 톨름의 목에 박혔다. 칼을 그 자리에 둔 채 지면에 착지한 구문효 대신, 이번에는 현오준이 뛰어올랐다. 구문효가 박아둔 칼에 현오준이 킥을 처박자, 칼은 깊숙하게 꽂혀 톨름의 목을 반쯤 잘랐다.

"나 없이도 잘 하는군."

최재철이 그렇게 말할 만도 했다. 구문효가 쏘아낸 빛의 칼날이 톨름의 목을 마저 잘라내고 있었기 때문이었다. 톨름이 더 이상 버티지 못하고 그 자리에 무릎을 꿇었다. 그것만으로 쿵, 하고 지축이 울렸다. 그러니 그 동체가 지면에 쓰러질 때는 어땠겠는가.

"히이익!"

권우언이 지진을 버티지 못하고 그 자리에 나뒹굴었다.

"어떻게 처치하는 데 성공했군요."

현오준이 땀을 닦으며 말했다.

"괜찮아요, 선생님?"

"그래. 이 녀석이 죽어서 저주는 풀린 모양이야."

걱정스러운 듯 묻는 오연화에게 최재철이 대답했다.

"설마 이름을 물어오는 타입의 어보미네이션일 줄이야······.
방금 전에 최재철 씨의 이름을 부르면서 저주를 걸었죠?"

"대화를 하면서 저희 모두의 이름을 알아내는 게 목적이었
을 겁니다."

지금은 시체가 되어 나뒹굴고 있는 이 상급 어보미네이션
의 이름은 뱀머리칼 거인. 이 개체는 스스로를 톨름이라 자칭
했지만, 톨름이란 건 상대의 이름을 알아내기 위해 아무렇게
나 지은 이름에 불과하다.

언어가 아닌 정신파로 말을 걸어오기 때문에 무시하기는 어
렵고, 한정적인 조건의 독심술까지 사용하기에 이름을 들키지
않기란 여간 까다로운 게 아니다.

가장 좋은 건 역시 적개심으로 마음을 채워 뱀머리칼 거인
의 독심술을 방해하고, 이름을 들키기 전에 쓰러뜨리는 것.
그리고 최재철은 그 방법을 실행했다.

비록 권우언이 최재철의 이름을 부르는 바람에 그는 저주
를 받긴 했지만, 다른 팀원들은 이름을 들키지 않아 비교적
쉽게 쓰러뜨릴 수 있었다.

'사실 저주 따위는 얼마든지 무시할 수 있지만.'

아무리 최재철이 이제 A급 어벤저라지만 상급 어보미네이

선의 저주를 아무렇지도 않게 무시하는 건 지나치게 부자연스럽다. 게다가 그래서야 팀원들에게 뱀머리칼 거인의 특성을 알려줄 수가 없다.

"그런데 이놈이 이 차원 세포의 주인이라고 하던데, 그게 무슨 소리죠?"

구문효가 말했다.

"허풍일 수도 있고 사실일 수도 있겠죠. 어쨌든 차원 세포라는 개념만큼은 머리에 담아두도록 하죠."

현오준이 구문효의 말을 받았다. 적절한 반응이었다.

"어쨌든 아까 그 톨름이라는 놈이 닭 머리를 한 뱀들을 움직이고 있던 건 확실한 것 같군요. 이놈을 죽이자마자 뱀들의 습격이 멈췄어요."

그동안 간헐적으로 계속 이어져 오고 있던 뱀들의 기습 시도는 뱀머리칼 거인의 죽음 이후 딱 끊겼다.

'이제 슬슬 올 때가 됐는데.'

[어서 오십시오, 이 땅의 새 주인이시여.]

최재철의 예상대로 기이한 목소리가 들렸다.

[옛 주인을 쓰러뜨린 분은 이 땅을 얻을 자격이 있습니다.]

"뭐지?"

구문효가 혼란스러운 듯 주변을 둘러보았다. 목소리의 주인공은 모습을 드러내지 않았다.

[하지만 한 장소에 왕이 많으면 혼란을 초래하지요.]

목소리에 악의가 조금 찼다.

[자아, 여러분 가운데서 진정한 왕을 선출해 주십시오.]

그 악의가 착각이 아니라는 것을 확인이라도 시켜주듯, 목소리는 말했다.

[서로 죽이십시오. 살아남은 분이 진짜 왕입니다.]

그 자리에 있던 모든 시선이 한곳으로 쏠렸다.

최재철이다.

이 자리에서 가장 강한 자.

이 자리의 모든 이를 혼자 죽일 수 있는 이.

다른 이들에게서 최재철은 그렇게 인식되고 있었다.

"후."

최재철은 웃었다.

"거절한다."

그리고 일언지하에 거절했다.

그러자 마법은 깨어졌다. 마치 절대적인, 반드시 지켜져야 하는 법칙처럼 느껴졌던 목소리의 위압감이 그저 의미를 전달할 뿐인 정신파로 변했다.

이 자리에서는 최재철과 오연화를 제외하고서는 모두 술수에 걸려 있었는지, 어리둥절한 표정들이 조금 우스웠다.

[어째서? 왕이 되고 싶지 않습니까?]

순수한 의문이었다.

"동료들을 죽여서까지 얻어야 할 정도로 가치 있는 칭호는
아니지."

최재철은 대답했다.

[당신을 이 차원 세포의 새 주인으로 인정합니다.]

목소리가 말했다. 마치 최재철의 인격에 감복해서 주인으로
인정한 것 같은 분위기이지만 사실은 그렇지 않다. 이 목소리
도 땅의 주인이라는 자리가 비어 있으면 곤란하기 때문에 타
협한 것에 불과하다.

"그렇다면 모습을 드러내라."

최재철의 말에, 목소리는 잠시 침묵했다.

[알겠습니다.]

고민하는 시간이 길지는 않았다. 허공에서 반짝거리는 빛
의 입자가 모여들기 시작하더니, 이윽고 한 덩어리로 뭉쳐져
어떤 존재가 되었다.

그 겉모습은 전형적인 요정의 모습이었다. 키는 15㎝ 정도.
얼굴은 인간 소녀처럼 귀엽지만 몸매는 성인 여성의 라인을
그리고 있었다. 등에는 곤충 날개 4장을 매달고 포르르 날아
오르고 있다.

"귀여워라!"

이지희가 말했다. 최재철이 보기에도 귀여웠다.

'뭐, 겉모습뿐이지.'

저 모습은 여기 있는 여섯 명의 인간에게 최대한 호의를 얻고 경계심을 누그러뜨릴 만한 모습을 취한 것에 불과하다. '톨름'이 여기의 주인이었을 때는 다른 모습이었으리라.

저것의 정체는 이 차원 세포의 의지였다. 말하자면 이 공간의 신이라고 할 수 있었다. 신이라기엔 너무나도 연약하고 작은 존재라 좀 안 어울리지 않지만, 주어진 역할은 일단 그렇다.

관리자, 규칙을 만들고 운용하는 자.

[왕이시여, 존함을 알려주소서.]

관리자라고는 해도 그 힘은 약하고 한정적이다. 관리자의 힘은 차원 세포의 힘에 따라 결정되고, 이 차원 세포의 '격'은 그리 높은 편이 아니었다.

그렇기에 최재철은 강제성이 있는 '규칙'을 거부할 수 있었다.

'만약 내가 거부하지 못했다면?'

그랬다면 규칙은 적어도 이 차원 세포 안에서는 절대적인 강제력을 가지게 되었을 터였다. 그리고 현오준 팀은 그 규칙에 따라 여기에서 서로를 죽고 죽이는 킬링 게임을 벌여야 했을지도 모른다.

그걸 생각하니 더 이상 저 요정의 모습을 한 차원 세포 관리자가 귀여워 보일 수는 없었다.

"내 이름은 최재철."

[예, 알겠…….]

"그리고 이쪽은 현오준 팀장님, 저쪽에 젊은 여자가 이지희, 젊은 남자가 구문효, 어린 여자가 오연화다."

[네… 예?]

"이렇게 현오준 팀이지. 이 땅의 왕인 '톨름'은 우리 다섯이서 쓰러뜨렸다. 그러니 왕의 자격이 있다면 다섯 명 전원에게 있지 않을까?"

최재철의 말에 요정은 상당히 당황한 기색이었다. 그녀의 입장에서는 오직 최재철만을 왕으로 섬길 셈이었는데, 정작 그 장본인인 최재철이 이렇게 나오니 난처한 모양이었다. 그야 그렇다. 섬기는 입장에서야 섬기는 사람이 많아질수록 안 좋은 게 보통이니까.

[안 됩니다. 왕은 한 명이여만 합니다.]

요정은 다시 한 번 '규칙'을 발동했지만 최재철은 고개를 저었다. 그에게는 자신의 '규칙'이 통하지 않는다는 것을 확인한 요정은 곤란한 듯 침묵했다가, 다시 입을 열었다.

[그럼 이렇게 하죠. 최재철 님을 왕으로 모시고, 다른 네 분은 '왕의 친구'로 모시겠습니다.]

어쨌든 여기에서 요정의 '규칙'을 무시할 수 있는 건 최재철뿐이다. 하지만 최재철로 인해 다른 사람들도 규칙에 따르지 않아도 되는 상황이 발생하자, 요정으로서도 타협을 할 수밖에 없어졌다.

"그렇게 하도록 해."

[감사합니다.]

최재철의 인가를 얻은 요정은 허리를 숙여 감사를 표했다. 요정이 지구의 예법을 취하는 게 놀랄 일은 아니다. 애초에 요정의 모습을 취한 것 자체가 최재철 일행에게 '맞춘' 것이다. 외모도 바꾸는데 예법이야 어련할까.

"오, 우와."

구문효가 탄성을 토해내었다. '왕의 친구' 자격을 얻어 이 차원 세포의 지배권을 얻은 것을 몸으로 느끼고 있는 것이리라.

'생각보다 훨씬 빨리 원하는 것을 얻었군.'

틈새 차원의 차원력은 강하다. 농도뿐만 아니라 그 속성도 강하다. 그래서 틈새 차원에 온 어벤저들은 이 차원력을 흡수해서 강해질 수 있다. 어벤저 스킬의 기초가 되는 차원력 자체의 증강뿐만 아니라, 새로운 스킬을 깨닫기에도 좋은 장소다.

그렇다고 여기서 숨만 쉬어도 강해질 수 있다는 건 아니다. 지나치게 강한 차원력은 인간에게, 생명에게는 독이다.

이 틈새 차원에서 가장 흔한 최하급 어보미네이션인 리자드독이 지구의 개와 이계의 도마뱀이 합쳐진 결과물이다. 어보미네이션이 저렇게 변이해 버린 이유 중 하나가 이 차원력 때문이기도 했다.

인간이라고 여기서 도마뱀 인간이 되지 말라는 법이 없다. 아니, 변이만 일어나면 다행이고 잘못하면 죽을 수도 있다. 죽는 게 나은 상황이 벌어질 수도 있고. 산 채로 그 자리에서 허물어져 흐물흐물한 푸딩 덩어리가 될 수도 있는 게 바로 이 틈새 차원이라는 공간이다.

그렇기에 이 차원력을 흡수해서 강해지기 위해서는 특별한 방법이 필요하다.

'그중에서 가장 편한 게… 차원 세포의 주인이 되는 것이지.'

이제 이 차원 세포는 현오준 팀의 것이다. 여길 기반으로 삼아 안전하게 차원력을 흡수해서 강해질 수도 있고, 다른 차원 세포를 침략해서 세력을 늘려 나갈 수도 있다. 물론 여기의 주인이 되었으므로 개발 권한도 이들의 것이다.

물론 요정은 현오준 팀으로 하여금 다른 차원 세포 세력의 침략으로부터 방어를 하고, 나아가 세력을 늘려주걸 바라고 있겠지만 그 바람을 반드시 들어줄 필요는 없다.

"저… 최재철 씨?"

권우언이 조심스럽게 입을 열었다.

"아, 계셨습니까? 권우언 씨. 싸울 때 아무것도 안 하시길래 집에 돌아가신 줄 알았는데."

최재철이 그를 비꼬았다. 그러자 그의 얼굴이 붉게 물들었다.

"저에게는 '왕의 친구' 권한이 주어지지 않았습니다만."

그럼에도 불구하고 입만은 닫지 않았다. 그럴 염치가 없음에도 불구하고, 이 자리에서 '왕의 권한'이 얼마나 중요한 건지 본능적으로 느끼기라도 한 듯 뻔뻔하게 나온 것 같았다.

"당신이 제 이름을 말하는 바람에 저는 톨름에게 저주를 당하고 말았지요."

최재철은 그렇게 한 마디를 더했다. 그제야 권우언은 겨우 입을 다물었다.

"어쨌든 안내인이 생겼으니 이 차원 세포의 탐사는 한결 수월하게 진행할 수 있겠군요."

최재철은 현오준을 돌아보며 말했다.

"아, 네, 최재철 씨. 그 말씀대로입니다."

현오준이 정신을 차린 듯 뒤늦게 고개를 끄덕거렸다.

"그런데 요정 씨, 이름이 어떻게 되나요?"

[이름입니까? 그 요정이라는 게 제 이름인가요?]

"설마 이름이 없는 건가요?"

[네. 절 요정이라고 부르시겠다면⋯⋯.]

"아, 아니! 지금 예쁜 이름 붙여줄게요!"

요정과 그런 대화를 하고 있던 이지희가 문득 최재철을 돌아보았다.

"어떤 이름이 좋을까요? 스승님."

"그냥 요정이면 되지 않아?"

그런 건 별로 중요하지 않았기 때문에, 최재철은 심드렁하니 대꾸했다.

"안 돼요."

"그럼 피터팬이라고 하든가."

"걘 남자애잖아요."

"그럼 웬디!"

오연화가 끼어들었다. 그녀의 말에 이지희는 고개를 갸웃거리며 되물었다.

"보통 여기선 팅커벨을 떠올리지 않니?"

"난 팅커벨 싫어해서."

"아, 하긴. 좀 재수 없지."

오연화와 이지희의 대화는 뭔가 좀 다른 곳으로 새고 있었다.

"그럼 웬디로 하지."

그래서 최재철이 끼어들어 대화를 끝내 버렸다.

[웬디…… 그게 제 새 이름인가요?]

"자, 그럼 웬디, 안내를 부탁해."

최재철은 웃으며 말했다.

*   *   *

진현우였던 존재는 점점 진현우에 가까워지고 있었다.

처음에는 한국어를 습득했다. 그리고 다른 기억과 지식들도 조금씩 습득하고 있었다. 어보미네이션으로써 다른 어보미네이션을 포식할 때마다 그는 진현우로서의 기억과 자아를 되찾아가고 있었다.

그가 진현우에 가까워진다 한들, 그가 처음에 어보미네이션으로서 얻은 근력이나 차원력이 퇴화한다거나 하는 일은 없었다. 오히려 그는 다른 어보미네이션을 포식할 때마다 존재로서는 처음보다, 원본보다 강해지고 있었다.

그것이 그의 능력이었다. 처음으로 계약을 맺어 얻은 어보미네이션으로서의 능력.

원래대로라면 일어날 리 없었던 일이었다. 그저 진현우라는 육체의 절반, 고깃덩이였던 그가 진현우로 부활하는 일은 지구상의 그 어떤 기술을 동원하더라도 불가능했다.

그런데 몇 가지 우연이 겹친 결과, 그는 지금 자신이 진현우라는 확신을 갖고 이 자리에 서 있었다.

진현우의 자택.

카드 키는 없지만 비밀번호는 기억하고 있다.

'아니, 기억이 생겼지.'

그에게는 자신이 인간이 아니라는 자각은 있다. 어보미네이션을 맨손으로 붙잡아 산 채로 포식하는 자신은 상식적으로 인간은 아니었다. 하지만 그럼에도 그는 여전히 자신이 진현우라고 생각했다.

그는 비밀번호를 눌러 문을 열었다.

오직 그만의 집이었다. 이 집의 소유권은 그에게 있었다. 정확히는 '인간 진현우'에게.

아버지 진가충과 새 어머니 유곽희가 별거하면서 진현우에게도 따로 집이 주어졌다. 아무리 별거라지만 진가충은 진현우를 유곽희와 둘만 살게 할 생각은 없었다. 그리고 자신이 아들과 둘이 살 생각도 없었고.

"아버지는 날 싫어했지."

그런 기억이 자동적으로 떠올랐다. 이유까지는 잘 기억나지가 않았다. 아무래도 어보미네이션 몇 마리를 더 포식해야 할 것 같았다.

"아무럼 어때."

중요한 기억은 아닐 것이다. 지금 당장 달려 나가 어보미네이션을 찾아다닐 생각은 들지 않았다. 그의 지금 상태는 엉망진창이었다. 피투성이가 된 몸을 씻고도 싶었고, 어쨌든 몇 시간이라도 좀 푹 쉴 시간이 필요했다.

그는 문을 닫았다.

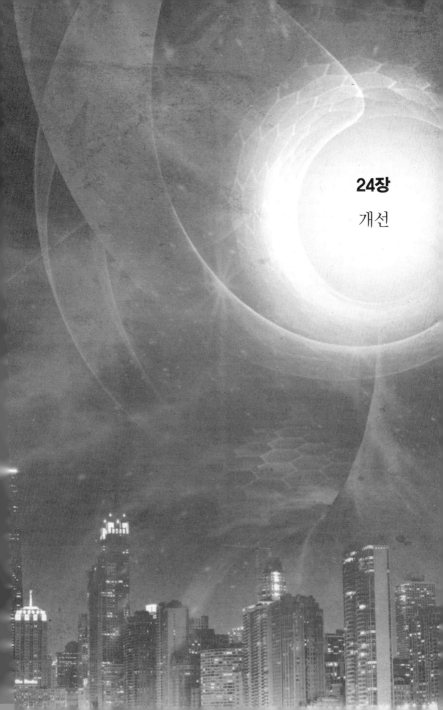

24장

개선

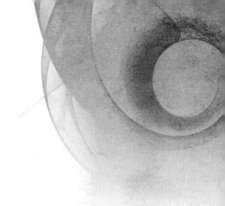

현오준 팀은 다이아 스틸 노천 광산을 발견했다.

다이아 스틸은 차원 균열에서나 소량 발견되는 희소금속인데, 그 귀한 광물이 말 그대로 그냥 산처럼 쌓여 있는 모습에 팀원들은 입을 다물지 못했다.

"고대에는 지구에도 이런 식의 광산이 많았다고 합니다. 지금은 없지만……. 사람들이 다 집어 갔으니까요."

현오준이 그런 말을 했다.

"하지만 여기에는 광석을 주워갈 사람이 없으니, 노천 광산도 당연히 있겠죠."

"웬디, 이것 좀 주워가도 돼?"

[이 차원 세포의 모든 것은 왕의 소유물입니다.]

웬디는 별 상관없다는 듯 말했다. 그야 웬디 입장에서는 좀 반짝일 뿐인 돌에 어떤 가치가 있는지 알 바가 아니었다. 옆에서 듣고 있던 권우언이 얼른 광석 하나를 집자, 불호령을 내리기는 했지만.

[그것은 왕의 것입니다!]

웬디가 관리자로서 발한 '규칙'은 권우언에게는 제 효과를 발휘하는지, 권우언은 놀라 몸을 떨더니 얼른 광석을 다시 광산 위에 내려놓았다.

[인접한 다른 차원 세포에 더욱 가치 있는 광산이 존재합니다.]

웬디는 친절하게 말했다. 그러니까 옆에 가서 정복하고 오라는 의도가 담긴 말이었다. 만약 웬디의 '규칙'에 지배당하고 있었더라면 '퀘스트'로서 수행해야 했겠지만, 지금 다섯의 왕은 규칙 위에 존재하므로 퀘스트 또한 받지 않는다.

"정말로? 그럼 팀장님! 얼른 거기로 가죠!!"

하지만 욕망이란 때로는 명령보다도 강력한 강제성을 지니기도 한다. 구문효의 말에 최재철은 미간을 찌푸렸다.

"아뇨, 구문효 씨. 그 일은 뒤로 미루죠. 저희는 이제 돌아가야 합니다."

하지만 현오준은 고개를 저으며 말했다.

"돌아가다니요?"

"이 노천 광산을 발견했으니까요."

다이아 스틸 원석을 한 덩이 집어 든 현오준은 권우언을 보고 말했다.

"이 원석이 산처럼 쌓여 있다는 보고 한 마디로 충분합니다."

권우언은 얼른 고개를 끄덕였다. 그의 입장에서는 한시라도 빨리 돌아가고 싶을 터였다.

"아뇨, 팀장님. 여기에서 해야 할 일이 있습니다."

그런 현오준을 최재철이 막았다.

"그게 뭐죠?"

"강해지는 겁니다."

지구보다 몇 배나 진한 차원력이 가득한 이 공간에서의 수련은 현오준 팀의 면면들을 지구의 어벤저들과는 비교도 되지 않게 강해지도록 만들 것이다. 여기에 언제 다시 돌아올 수 있을지도 모르는 이상, 이 기회를 놓치는 건 어리석은 짓이었다.

"팀장님도 느끼고 계실 겁니다. 이 공간의 진한 차원력……. 어벤저는 여기서 숨을 쉬는 것만으로도 강해질 수 있습니다."

"확실히……."

현오준은 납득한 듯 고개를 끄덕였다.

"하긴, 물과 식량은 충분히 가져왔죠. 이 장소에서의 안전이 확보된 이상, 가능한 만큼 여기서 시간을 보내는 것도 나쁘지는 않을 것 같군요. 더군다나……."

현오준은 웃으며 말했다.

"저도 최재철 씨의 가르침을 받아보고 싶거든요. 여기서는 저도 팀장이니, 뭐니 상관할 거 없이 가르침을 받을 수 있겠죠."

권우언은 다소 불만스러운 듯 미간을 찌푸렸지만, 자신에게 발언권이 없는 걸 알고 있는지 아무 말도 하지 않았다.

*   *   *

차원 세포에서 사흘간 체재하는 것은 그리 녹록한 일은 아니었다.

'톨름'의 죽음은 인근 차원 세포 '주인'들에게 알려졌고, '퀘스트'를 받은 그들은 웬디의 차원 세포를 점령하기 위해 쳐들어왔다.

물론 그런 침략 행위를 당하고도 그냥 조용히 보내줄 최재철과 현오준 팀이 아니었다. 침략자들은 모두 죽음을 맞이했고, 그들이 본래 차지하고 있던 차원 세포는 현오준 팀이 점령했다.

[전 정말로 운이 좋군요!]

그런 현오준 팀의 활약에 웬디는 기뻐했다. 그녀의 입장에서도 정복 전쟁은 자신의 영역과 권한을 확대할 수 있는 수단이었으므로 기뻐할 만도 했다.

더군다나 침략자들의 시체는 분해되어 차원 세포를 이루는 차원력으로 환원되었으므로, 차원 세포의 관리자인 그녀의 '힘'도 강해졌다.

그걸 아는 최재철은 웬디에게 자신들이 처치한 침략자의 시체를 공짜로 넘기지는 않았다. 최재철은 웬디에게서 아티팩트를 뜯어내었다.

웬디 정도로 약한 관리자가 만들 수 있는 아티팩트 중 최재철에게 유용한 것은 거의 없었다. 그러므로 최재철은 팀원들에게 유용한 아티팩트를 제작하도록 웬디에게 지시했다.

"저희만 이런 걸 받아도 될지 모르겠군요."

현오준에게 주어진 아티팩트는 '저거너트의 벨트'. 피부를 경화할 수 있는 능력을 지닌 허리띠였다. 신체 강화 능력만으로 신체의 내구도를 올리기는 어렵기 때문에, 전면에 나서서 싸우는 그에게 잘 어울리는 아티팩트였다.

"팀장님을 제치고 제가 이 차원 세포의 왕이 되어버렸으니까요. 제 것은 뒤로 미루는 게 맞을 겁니다."

일단은 그런 걸로 해두었다. 현오준이 납득할 만한 논리이기도 했고.

"그럼 저희는 어떻게 되는 거죠?"

구문효에게 주어진 아티팩트는 '주시자의 안대'. 이걸 쓰고 있는 동안에는 투명체 간파와 약점 간파의 능력이 주어진다. 최재철은 그에게 시야 강화를 가르쳐 투명체 간파를 습득시키기보다는 그냥 아티팩트를 주는 게 낫겠다는 결론을 내렸다. 약점 간파는 덤이다.

"그야 활약에 따른 보상이지. 그런 걸 묻고 그러나."

실제로 구문효의 팀 내 공헌도는 상당한 수준에 이르렀다. 슈터로서는 물론이고, 필요하면 전면에 나서서 싸우는 것도 마다하지 않는다. 비록 신체 강화 능력은 이지희에 비해 떨어지지만 팀이 필요할 때 모자란 부분을 채워줄 수 있는 그의 능력은 큰 보탬이 되고 있었다.

"하지만 이게 있어도 저희는 스승님보다 약한 거겠죠."

이지희에게 주어진 아티팩트는 '시바의 투척 단검'. 이름이야 투척 단검이지만 그냥 손으로 잡고 휘둘러도 되고 당연히 던져도 된다.

이 투척 단검의 진면모는 어벤저 스킬을 발동할 때 드러난다. 방전 스킬을 투척 단검을 통해 발동하면 몇 배의 위력으로 증폭되며, 신체 능력 강화를 사용해 투척하면 가볍게 던져도 멋대로 가속해서 바위 정도는 손쉽게 부순다.

이지희의 능력인 방전 능력에 반응해서 투척 궤도를 바꿀 수도 있고 적에게 박아서 피뢰침처럼 뇌전을 체내로 흘려 넣는 데도 쓸 수 있다.

이미 이지희는 이 단검을 다루는 데 퍽 익숙해져 있어서 무슨 염동력으로 다루는 것처럼 자유자재로 궤도를 바꿔놓고 있었다. 그냥 앞으로 던졌다가 180도 궤적을 바꿔서 손으로 다시 되돌아오게 만들 정도였다.

"뭐, 그렇긴 하지."

최재철은 그녀의 말을 딱히 부정하지는 않았다. 사실이 그런데 부정하는 것도 별 의미 없는 짓이다. 스승 노릇을 하고 있는데 제자 앞에서 겸양이 무슨 소용이랴.

"이래서야 S급 랭커니, 뭐니 하는 것도 다 부질 없는 것 같네요."

오연화에게 주어진 아티팩트는 '헤르메스의 부츠'. 간단히 말해서 비행 능력을 부여해 준다. 사실 그녀가 염동력을 다루는 데 더욱 익숙해진다면 스스로의 몸을 염동력으로 띄울 수도 있게 되지만, 최재철의 경험으론 그건 별로 효율적이지도 않았고 별 쓸모도 없었다.

비행에다 낭비할 집중점이 있다면 그냥 공격에 투자하는 게 더 낫다. 그런 점에선 이 아티팩트는 그녀에게 딱 맞았다.

"너도 여기서 더 강해졌잖아."

최재철은 피식 웃으며 말했다.

오연화는 여기서 염동력을 주입할 수 있는 집중점을 다섯 개로 늘렸다. 각각의 집중점에 주입할 수 있는 염동력의 출력은 여전히 제한되어 있어서 최재철을 만족시킬 만한 성과는 아니었지만, 어쨌든 다룰 수 있는 집중점이 많을수록 좋은 염동 능력자의 특성상 단순 계산으로도 50% 이상은 더 강해졌다.

"그렇긴 하지만요."

그럼에도 오연화는 불만스러운 듯 입술을 삐죽였다. 다른 팀원들도 이미 S급 랭커급의 강함을 갖췄다는 것을 그녀도 아는 것이다. 아직은 그녀의 수준을 뛰어넘지 못했다고는 하나, 그래도 본래 팀에서 절대적인 강자 역할을 하고 있던 그녀의 입장에서는 조바심을 느낄 만도 했다.

그리고 마지막으로 권우언. 그도 여기서 성장은 했다. 돌아가면 A급 판정 정도는 받을 수 있으리라. 막판에 이르러서는 전투에 참여하기도 했고.

하지만 최재철은 그에게까지 아티팩트를 양보하지는 않았다. 대신 수십억 원 정도의 가치가 되는 다이아 스틸 광석을 그에게 주었다.

물론 이건 전략적인 계산이 깔린 보상이었다. 다이아 스틸이라는 레어 메탈을 어떤 식으로 처분하든, 그는 차원 균열 너머에 대해 언급하지 않으면 안 된다. 아니, 이 광석을 지구에서 꺼내드는 것만으로 충분하다. 애초에 지구에서는 손에 넣는 것 자체가 불가능한 광석이니 말이다.

그리고 권우언과 권지력 이사는 이 수십억 원의 가치를 지닌 자산을 그냥 금고에만 넣어둘 성격의 인간은 아니었다. 애초에 사내의 파벌 간 암투에 몸을 던진 이유가 권력과 돈 때문일 텐데, 자신이 얻은 이 새로운 '힘'을 그냥 없었던 걸로 칠 리가 없었다.

다른 사람들에게 아티팩트를 양보했다고는 하지만, 그렇다고 최재철이 아무것도 얻어가지 않는 건 또 아니었다. 그가 웬디에게 요구한 아티팩트는 다름 아닌 열쇠였다.

어차피 지구로 돌아가면 차원 균열로의 진입권을 박탈당할 건 불을 보듯 뻔했다. 그러니 틈새 차원, 특히 웬디의 차원 세포로 돌아올 수단이 필요했다. 그게 바로 이 '웬디의 열쇠'다.

어디서든 이 차원 세포로 돌아올 수 있는 이 아티팩트의 제작에는 웬디도 무보수로 임해주었다. 그녀의 입장에서도 차원 세포의 왕이 오래 자리를 비워서 좋을 게 없으니 당연하다면 당연하다고 할 수 있었다.

"자, 그럼 이제 돌아갈까요?"

"이제야 돌아가는군요."

현오준의 말에 권우언이 질렸다는 듯 고개를 저었다. 아무리 얻은 게 있다지만, 그의 입장에서는 별로 유쾌하지 않은 사흘간이었으리라.

현오준 팀은 사흘 정도 웬디의 차원 세포에서 수련에 힘썼다. 가지고 온 것 중 절반 정도의 물과 식량을 소모한 셈이다.
앞으로는 열쇠를 통해 차원 세포로 돌아오면 되니 대량의 짐
을 짊어지고 올 일도 이제 없을 터였다.

나중에 열쇠를 통해 지구로 향하는 출구를 만들면 되지만,
지금은 어쨌든 알리바이 성립을 위해 나갈 때는 왔던 길로 되
돌아 나가야 했다.

"나중에 다시 보자고, 웬디."

[돌아오실 날을 손꼽아 기다리겠습니다, 폐하.]

최재철의 말에 웬디는 공손히 허리를 숙여 인사했다.

$$* \qquad * \qquad *$$

에스파다 도 오르덴의 사도.

조상평은 스스로를 그렇게 부르고 있었다. 본래 선배들이었
던 그의 팀원들도 그를 그렇게 부르고 있었고, 팀원들은 신도
라는 호칭을 쓰고 있었다.

WF 소속의 어벤저였던 그들은 WFF의 현 사장 진가충의
명령으로 이지희를 납치하라는 임무를 받았다가 에스파다 도
오르덴을 만났다. 그리고 그의 충실한 신도가 되어 일전에는
WF를 배신하고 차원 균열을 닫는 에스파다 도 오르덴에게
협력했다.

그것은 절대 후회할 일이 아니었다. 차원 질서를 수호하는 에스파다 도 오르덴의 도움이 될 수 있다면 조상평은 목숨마저도 초개처럼 버릴 각오가 되어 있다.

하지만 지금 상황은 어떠한가.

"줄곧 당신들을 찾아다녔어요. 제 시간을 사흘이나 낭비시키다니. B급 치고는 상당한 실력이로군요."

아름다운 여성이었다. 조상평은 그녀의 이름을 알고 있었다.

유곽희.

유연학 전 사장의 딸이자 진가충 현 사장의 부인.

그리고 그 옆에는 S급 랭커, '웃는 얼굴의 헌터' 아가임이 서 있었다. 그 별명 그대로 웃는 얼굴로.

아가임이 헌터라는 별명을 얻게 된 건 말 그대로 사냥꾼이기 때문이다. 하지만 그가 사냥하는 건 여타 어벤저와 달리 어보미네이션이 아니다. 그의 사냥감은 다름 아닌 인간, 그중에서도 어벤저를 주로 사냥하고 다닌다.

지금 상황을 한 문장으로 요약하면 다음과 같다.

그들은 사냥당했다.

그들은 최대한 잘 숨어 다녔지만, 웃는 얼굴의 헌터를 완전히 뿌리칠 수는 없었다. 아니, B급 나부랭이들이 S급, 그것도 한 자릿수 랭커를 사흘이나 피해 다녔다는 것 자체가 사실은 상당한 자랑거리로 삼을 만한 일이었다.

'그럼 뭐해.'

조상평은 속으로 혀를 찼다.

'이렇게 잡혔는데.'

세상에는 결과보다 과정이 중요하다는 말도 있지만, 그 결과가 생과 사를 가를 때는 이야기가 달라진다. 열심히 싸워서 죽든, 대충 싸우다 죽든 그 결과가 똑같이 죽음이라면 과정은 별 의미가 없어지게 마련이다. 적어도 조상평은 그렇게 생각하고 있었다.

"당신들이 아직까지는 아무런 상처도 입지 않았고, 구속당하지도, 제압당하지도 않은 것으로 증명할 수 있을 테지만 저는 당신들을 잡으러 온 게 아니랍니다."

그런데 그게 아닌 것 같았다. 아무래도 이번에는 과정이 좀 중요했던 모양이었다. 왜냐하면 유곽희는 그들에게 해를 입히지 않겠다고 말하고 있기 때문이었다. 그렇다면 시간을 끌어 자신들의 유능함을 증명한 지난 사흘 동안의 고생은 결코 완전히 무의미한 건 아닌 셈이 된다.

"WF가 당신들에게 거액의 현상금을 건 것은 알고 계실 거라 생각합니다. 그리고 WF는 당신들에게 가혹한 배상금을 물릴 생각인 모양이더군요."

유곽희의 이야기는 아직도 이어지고 있었다. 그런데 어투가 좀 이상했다. 마치 그녀 자신은 WF의 사람이 아닌 것처럼 이야기하고 있는 것 같지 않은가?

"CCTV에는 여러분이 침입자에게 협력하는 영상이 찍혀 있습니다. 어떤 변명도 통하지 않을 증거가 남은 셈이지요."

하긴 유곽희는 진가충의 처일 뿐, WF에는 어떤 직위도, 권한도 갖고 있지 않았다. 이 나라에서야 회사 중역의 가족인 것만으로 회사에 꽤 큰 영향력을 갖는 전통치고는 많이 기괴한 악습이 있긴 하지만, 정확하게 따지고 보자면 이상한 일이기는 하다.

"하지만 닫힌 차원 균열의 가치 이상의 금액이 당신들에 대한 배상금으로 책정되어 있는 건 이상한 일이죠. 굳이 이유를 따지자면 당신들이 WF의 적에게 협력했기 때문에 괘씸죄가 적용된 셈입니다만."

그녀의 이어진 말에 조상평의 정신이 퍼뜩 들었다.

침입자.

WF의 적.

아니, 이런 단어는 포장에 불과하다. 조상평은 그를 가리키는 단어를 알고 있다.

에스파다 도 오르덴.

그 단어가 조상평으로 하여금 소인배에서 숭고한 목적의식을 지닌 질서의 사도로 변모시켰다.

"본론을 말씀하시죠."

"제가 여러분에게 걸린 현상금과 배상금을 취소시켜 드릴 수 있어요."

"그건 본론이 아니군요."

조상평의 눈동자는 청명하게 빛나고 있었다. 이제 와서 욕망으로 흐려질 영혼은 아니었다. 그는 질서의 수호자를 따르는 사도였기 때문에.

"철 가면… 에스파다 도 오르덴을 소개시켜 주십시오."

유곽희의 눈동자는 탁했다. 무언가에 사로잡힌 인간의 눈동자였다. 그것은 야망이나 욕망 같은 것은 아니었다. 그렇다면 그녀를 사로잡고 있는 망령의 정체는 무엇일까. 조상평은 그녀의 눈동자를 응시했다.

"그분을 만나서 뭘 어쩌시려고요?"

"아마도… 에스파다 도 오르덴과 제 목적은 일치합니다."

그녀의 대답에 조상평은 코웃음 쳤다.

"그분의 숭고한 목적을 이해하고 계시기라도 한 것 같군요."

"그래요. 제가 단어를 잘못 고른 것 같네요."

유곽희는 짧게 웃었다.

"수단이 일치한다고 해야 하겠군요."

"수단… 말씀이십니까?"

"그래요."

유곽희는 웃음을 멈추고 고개를 끄덕였다. 그녀의 눈동자는 형형히 불타고 있었다.

'모를 여자다.'

조상평은 생각했다.

다시 봐도 굉장한 미녀다. 20대 후반이라고 들었지만, 10대 후반이라고 해도 믿을 만한 앳됨을 간직하고 있었다. 철저한 관리가 뒷받침된 결과물일 터였다.

하지만 그 철저한 관리라는 게 '사랑받기 위함'을 목적으로 한 것으로는 도저히 보이지 않았다. 그렇다고 '아름답게 보이기 위해서'인 것으로도 보이지 않았다. 다른 목적이 있을 터였다. 그리고 그 목적이 그녀의 눈동자에서 타오르고 있는 불꽃의 연료일 터였다.

'세상이라도 불태워 버릴 것 같군.'

조상평의 등을 타고 식은땀이 흘렀다. 상대는 자기보다 어린 여자다. 그럼에도 불구하고 이 여자에게서는 자신을 압도하는 뭔가가 느껴졌다.

"죄송합니다만."

조상평은 긴 침묵을 깨고 입을 열었다.

"저희는 그분의 연락처를 갖고 있지 않습니다. 다른 어떤 접점도 없지요. 그분께서 연락해 오시는 일도 없습니다. 그저 저희는 있는 자리에서 최선을 다할 뿐입니다."

그러자 호호호, 하고 여자가 웃었다.

"그 정도는 알고 있어요. 아무리 찾아도 없었으니까요. 휴대폰부터 당신들의 헌터 네트워크 이력까지 싹싹 뒤졌는데도 정말로 그 어떤 접점도 없더군요."

조상평은 온몸의 털이 곤두서는 것 같은 감각에 몸서리쳤다.

왜 이 여자를 그냥 미녀라고 생각했는가. 저 눈동자는 육식동물의 그것이 아니던가. 정체 모를 망집에 의해 흐려져 있다고는 한들, 눈앞의 상대는 자신보다 강한 생물이다.

포식자다!

헌터는, 사람 사냥꾼은 아가임만이 아니었다. 웃는 얼굴로 빙긋거리며 서 있기만 하는 저 남자는 그저 참관인에 불과하다.

조상평은 자신을 사로잡은 공포를 드러내지 않기 위해 무진 애를 썼다. 아직 이 포식자는 자신들에게 이빨을 드러내지는 않았다. 아직은 협상의 여지가 있다. 그런데 밑바닥을 보여서야 쓰겠는가.

"제가 당신들에게 원하는 건 간단해요. 만약 그를… 에스파다 도 오르덴을 만나게 된다면 이렇게 전해주세요. 제가 접촉하고 싶다고요. 대가는 그걸로 족해요."

여자는 일어났다.

"당신들에게 걸린 현상 포고는 해제되었고, 당신들이 물어야 할 배상금도 없어졌어요. 그리고 지금 당장, 제가 당신들을 사냥하지 않았고요. 이 정도면 충분하리라 봅니다."

어리석었다.

조상평은 통탄했다.

협상은 이미 끝나 있었다. 아니, 애초에 협상이란 건 일어나지 않았다. 이쪽에서 상대에게 내밀 카드가 없는 이상, 게임을 계속할 수는 없었다. 그리고 상대는 풀 하우스를 이미 내려놓고 있었다.

보통이라면 어리석은 짓이겠지만, 더 우려먹을 게 없는 상대에게 포커페이스를 굳이 유지시키고 있을 이유가 없었다.

"그 대신이라고 하기는 좀 뭐 하지만, 더 이상 당신들은 WF 소속이 아닙니다. 범죄자도, 아무것도 아닌 그냥 어벤저 신분이죠."

"…그건 오히려 저희가 바라는 바였습니다만."

"어라, 퇴직금도 안 나올 텐데요?"

"원래 계약직이라서."

"아, 그랬죠."

유곽희는 재미있는 농담이라는 듯 웃었다. 알고 한 발언인 게 분명했다.

"어쨌든 그렇게 된 거니, 잘 부탁드려요."

여자는 그 말을 남기고 그들에게서 뒤돌아섰다. 웃는 얼굴의 헌터가 그 뒤를 따랐다.

이야기는 이미 끝났다. 더 할 이야기는 없었다.

＊　　　＊　　　＊

"S급 5위 랭커의 시간을 사흘이나 허비한 것치고는 어이없
는 결과로군요."

아가임이 말했다.

"뭐야, 불만이야?"

"제가 주인님께 어찌 감히 불만을 갖겠습니까? 그저 눈에
보이는 게 전부가 아니리라고 믿을 뿐이지요."

날카롭게 눈을 치뜬 유곽희에게 아가임은 공손히 허리를
숙여보였다.

"그래. 눈에 보이는 게 전부는 아니지."

이번 일로 쓴 카드는 많은데 얻은 카드는 없다. 겉보기에는
그렇게 보인다.

하지만 공을 들이는 전략에는 포석이라는 게 깔리는 법이
고, 강대한 적을 상대하기 위해서는 항상 현명한 방법만을 택
할 수도 없는 법이다. 때로는 어리석은 자의 도박수도 필요한
법이다. 그리고 유곽희가 이번에 쓴 카드가 바로 그러한 카드
가 될 것이다.

"다음은 어떻게 하시겠습니까?"

아가임의 말에 유곽희는 말없이 품속에서 가면 하나를 꺼

냈다. 가면을 받아든 아가임은 미소를 무너뜨리지 않은 채 혼잣말처럼 말했다.

"에스파다 도 오르덴입니까."

"아니, 그 가면을 똑같이 만들 수는 없었어."

자세히 보면 가짜인 게 티가 난다. 지구의 기술로는 도저히 복제가 불가능했다. 애초에 원본은 숨구멍 하나 없이 꽉꽉 막혀 있다. 그런 걸 쓰고 어떻게 그렇게 날뛸 수 있을까.

아가임이 장소의 기억을 읽어낸 다음, 에스파다 도 오르덴이 쓴 가면 밑의 얼굴을 투시하려고 했지만 그것조차 불가능했다. 어벤저 스킬을 튕겨내는 기술이라도 적용된 모양이었다.

그렇다면 반대도, 즉 가면을 쓰고서도 어벤저 스킬로 바깥을 보는 건 불가능할 텐데도 에스파다 도 오르덴은 잘도 날뛰고 다니고 있었다.

거기서 얻어낼 수 있는 결론.

에스파다 도 오르덴은 이계의 기술을 사용한다. 아마도 차원 균열을 넘어서 다음 세계까지 넘나든 인간일 것이다. 아예 이계의 인간일지도 모르고 말이다.

'뭐, 그런 건 지금 중요한 건 아니지.'

에스파다 도 오르덴의 정체 따위는 별로 중요하지도 않다. 중요한 건 그가 그녀에게 쓸모가 있느냐, 아군으로 끌어들일 수 있느냐 였다. 그리고 이번 일은 그 중요한 건과 연결이 되어 있었다.

"아가임, 차원 균열을 닫아라."

그것은 명백한 WF에 대한 배신 행위. 그럼에도 불구하고 아가임은 공손히 허리를 숙였다.

"주인님께서 명하시는 대로 행하겠습니다."

*　　　　*　　　　*

상황은 얼추 최재철이 생각한 대로 돌아가기 시작했다.

먼저 현오준 팀이 권우언을 납치하고 차원 균열로 끌고 간 건에 대해서는 불문에 부쳐졌다.

그 대신, 차원 균열 너머에 대한 보고서는 권우언의 것이 채택되었다.

어디서나 쉽게 일어나는 실적 가로채기다. 뭐, 어떤 의미에서는 거래라고 볼 수 있는 면도 있긴 있다.

현오준 팀을 아예 파묻어버리는 방법도 없지는 않았지만, 그래서야 권우언이 가져온 다이아 스틸 원석의 출처가 애매해진다.

권우언이 혼자 차원 균열을 돌파하고 틈새 차원까지 가서 가져왔다는 시나리오는 대단히 영웅적인 대신 지나치게 비현실적이라 결국 현오준 팀의 존재가 필수 불가결했다.

그래서 권우언이 집필한 보고서에는 현오준 팀의 실적도 실제보다는 축소된 형태이기는 했지만 어느 정도 반영되었다.

보복보다는 실리를 중시했다. 그렇게 볼 수도 있었다.

그렇다고 보복이 전혀 없었던 건 아니다.

"결국 이렇게 되는군요."

현오준은 팀장 자리의 직위 해제, 최재철과 오연화는 권우언 팀으로의 보직 변경, 이지희와 구문효는 각각 다른 팀에 배속되었다.

실질적으로는 현오준 팀의 해체를 뜻하는 회사 측의 이 노골적인 처분에 그들은 별로 분노하지도 않았다.

예상하던 바이기도 했고, 그에 대한 대응도 이미 이야기가 되었기 때문이었다.

"대단히 유감스럽습니다."

권우언이 직접 와서 유감을 표명한 건 다소 의외인 일이었다.

"당신들처럼 유능한 인재를 잃는 건 회사로서도 큰 손해인 일입니다만, 제 아버지도 그렇고 저도 그렇고 결국 자기 보신이 중요한지라 이런 선택을 강요하게 만드는군요."

자기 파벌이 아닌 세력이 커지는 걸 그냥 두고만 볼 수는 없다. 권지력 이사는 그렇게 판단했다. 그래서 현오준 팀을 갈기갈기 찢어버리는 것을 선택했다.

"당신의 그 스스로가 나쁜 놈인 걸 부정하지 않는 면은 저는 좋아합니다."

현오준이 보기 드물게 다소 비꼬듯 말했다. 그러나 그런 현
오준의 말에도 권우언은 별로 기분 나빠 하지는 않았다.

"역시 퇴사하실 겁니까?"

"그렇게 되겠죠."

어쩌면 어리석다는 말을 들을 수도 있는 선택이었다. 기껏
대기업에 취직했는데 퇴직해서 길드 소속 신분으로 돌아가다
니. 십중팔구는 바보 같다고 평가하리라.

하지만 구 현오준 팀원 다섯 명은 모두 같은 선택을 했다.

퇴사, 그리고 길드라는 형태로 팀을 유지하는 것.

"그게 무슨 의미가 있습니까?"

권우언은 답답하다는 듯 물었다.

"그저 그냥 사이좋은 사람들끼리 모여 있는 것밖에 더 됩니
까? 그 잘난 S급의 어벤저 스킬을 어디다 쓸 겁니까?"

사회적인 인식으로는 어벤저만 되면 인생이 확 펴는 것 같
지만 실제는 그렇지 않다. 상위 1%가 모든 것을 독식하는 건
어벤저 업계도 똑같다.

한국의 차원 균열은 거의 대부분이 기업 소유이다. 나머지
는 국가 소유이고. 길드 소속 어벤저가 빛깔만 좋은 개살구
인 이유가 여기에 있다.

기업 소유의 차원 균열 헬필드에는 당연히 자사 소속 어벤

저만 들여보낸다. 국가 소유의 차원 균열 헬필드에는 군인들이 상주하고 있다. 그렇다면 길드 소속 어벤저들은 어디로 가야 하는가?

답은 간단하다. 정해진 곳이 없다. 운 좋게 기업이나 국가의 외주라도 받지 않는 이상, 길드 소속 어벤저가 끼어들 곳은 없다.

헬필드 가까이에 가지도 못하는데 어디서 어보미네이션을 상대할 것인가? 헬필드 바깥에서는 현대 화기도 충분히 통하는데!

간혹 차원 균열과 관계없는 곳에서 어보미네이션이 나타나도, 이것마저 기업 소속의 특수부대가 특수 장비로 어보미네이션의 출현을 감지하고 헬기를 타고 날아와서 처치해 버린다.

기업이나 국가에서 주는 외주 업무를 받아먹지 않으면, 어벤저는 사람들의 인식만큼 벌어먹지 못한다. 어벤저들의 주 수입원이 어보미네이션 시체의 거래에 있다는 걸 생각하면, 헬필드에 출입하지 못하는 어벤저들은 그냥 아무것도 없는 백수라고 봐도 무방하다.

그런 의미에서 권우언의 발언은 아주 타당했다.

다만 그가 모르는 게 하나 있었다. 바로 최재철이 차원 세포로 직행하는 열쇠를 손에 넣었다는 것과 더 이상 TA가 소유한 북한산 차원 균열을 경유해 틈새 차원으로 갈 필요가 없다는 것. 물론 현오준 팀은 일부러 권우언에게 그 사실을 알리지 않았다.

애초에 권지력 이사가 현오준 팀을 해체해 버리려고 한 이유가 다이아 스틸의 채광권을 손에 넣기 위한 것이었다. 그 막대한 이권을 자신들의 파벌인 권우언 팀을 움직여 흡수하기 위한 의도였다.

현오준 팀을 내쫓는다고는 해도 퇴사할 인원은 적을 거라는 계산도 깔려 있기는 했을 것이다. 현오준 정도면 퇴사시키고 다른 인원을 흡수할 수 있다면 차원 균열 재탐사도 별로 어렵지는 않을 거고 회사 전체의 입장에서도 출혈이 적을 테니까.

그런데 현오준 팀의 다섯 명은 보통이라면 생각할 수 없는 어리석은 판단을 했다. 권지력과 권우언의 입장에서는 이해가 되지 않을 만도 했다. 회사 입장에서도 출혈이 크고 다섯 명 모두 인생을 버리는 선택이었다.

하지만 실제로는 현오준 팀은 최재철이 왕의 권한을 가진 차원 세포에서 성장도 도모할 수 있고, 주변 차원 세포를 점령하고 희귀 어보미네이션을 사냥할 수도 있다. 여기에 다이아 스틸 광산이라는 안정적인 수입원까지 갖췄다.

사회적인 인식만 제외한다면 당연히 퇴사를 선택하는 게 더 이득인 상황이었다.

"좋지 않습니까? 어벤저 동호회 같고."

현오준이 그런 걸 일일이 설명할 이유도, 필요도 없었다. 그저 그냥 쓴웃음을 지으며 적당히 권우언의 말을 받는 것으로 충분했다.

권우언은 답답한 듯 한숨을 내쉬었다. 그러더니 문득 명함을 내밀었다.

"제 사적인 전화번호입니다. 도움이 필요하시다면 언제든지 말씀하십시오. 권우언 팀장으로서는 별 도움을 드리지는 못하겠습니다만, 저 권우언 개인의 입장에서는 가능한 한 도움을 드릴 수 있도록 노력해 보겠습니다."

생각지도 못한 발언이었기에, 현오준도 옆에서 듣고 있던 최재철도 눈을 휘둥그레 떴다.

"저희에게 적대 의식을 가진 게 아니었습니까?"

"그건 제 소속과 당신 소속이 적대 중이었기 때문입니다. 현오준 팀장… 아니, 이제 그냥 형이라고 부를까요?"

"그건 됐습니다."

현오준이 바로 손을 내저으니 권우언은 살짝 삐친 듯 입술을 삐죽 내밀었다.

"어쨌든 틈새 차원이라는 곳에서의 당신들과 함께한 모험은 저한테는 좋은 추억으로 남을 겁니다. 뭐… 그것도 지나간 일이라 추억이라 부를 수 있는 거겠지만."

그런 말을 하면서 권우언은 다소 미묘한 표정을 지었다. 그러나 곧 그의 표정은 변했다.

"어쨌든 그런 추억을 함께 남긴 사람들에게 저 개인적인 호의 정도는 표할 수 있는 거 아니겠습니까."

권우언은 한 번도 보인 적 없는 소탈한 미소를 보였다.

"귀하의 앞날에 무궁한 발전이 있길 빕니다."

그런 말을 남기고, 권우언은 현오준 팀의 사무실을 나갔다.

"…권우언 팀장이 저런 사람인 줄은 몰랐네요."

구문효가 말했다.

"그냥 재수 없는 금수저 도련님인 줄 알았는데."

오연화가 한 마디 더했다.

"그 말은 좀 심하지 않아? 뭐, 나도 동감이긴 하지만."

이지희도 쓴웃음을 지으며 오연화의 말을 받았다.

"뭐, 저 사람이 우리에게 호의를 보였듯 우리도 저 사람한테 개인적인 호의를 보일 기회가 한 번 정도는 오겠죠. 그런 식으로 생각해 둡시다."

현오준이 그렇게 정리했다.

"자, 그럼……."

현오준이 자리에서 일어섰다. 그의 손에는 그 자신의 것을 포함한 다섯 장의 사직서가 들려 있었다.

"가볼까요?"

이 사직서를 제출하면 이제 그들은 더 이상 TA의 소속이 아니게 된다.

최재철로서도, 김인수로서도 불과 열흘뿐이긴 했지만 처음으로 대기업 정규직 사원이라는 명함을 가져보았다. 남은 인상이란 그 정도였다.

"잘 부탁드립니다."

최재철이 말했다. 이미 이 팀의 중심은 최재철로 옮겨가 있었다. 그리고 본래 팀장의 입장이었을 현오준도 그것에 대해 별로 불쾌하게 여기거나 반감을 보이지는 않았다.

"다녀오겠습니다."

오히려 현오준 자신이 나서서 최재철의 부하라도 된 양 대답했다.

*   *   *

새로운 길드의 이름은 '현오준 길드'. 길드장은 현오준이다. 여기까지 와서 주목을 받는 걸 두려워하는 것도 좀 이상하긴 하지만, 어쨌든 만약의 사태까지 대비하는 의미에서 최재철은 이번에도 그림자로 들어가는 걸 택했다.

"사실상의 길드장은 최재철 씨 아닌가요? 제가 귀찮은 일만 떠맡게 되는 것 같은데."

현오준은 조금 투덜거렸지만 최재철의 의견을 수용했다.

다소 갑작스러운 길드의 설립이기에 길드 사무실은 아직 마련해 놓지 못한 상황이었다. 그래서 임시로 최재철이 소유한 빌라 건물의 방 하나를 사무실로 쓰기로 하고, 공방용으로 치워놓은 곳을 훈련장으로 쓰기로 했다.

하기야 길드 중에는 사무실을 가진 경우가 더 드물 정도고 실질적인 훈련은 웬디의 차원 세포로 가서 할 테니 최재철이 크게 희생할 건 없었다. 그냥 모일 필요가 있을 때 적당히 정해진 장소를 제공한다는 측면이 강했다.

"사측에서 제공해 주던 가죽 갑옷이나 철검 같은 장비를 사용하지 못하게 된 건 약간 아쉽기는 하네요. 차원 균열 내부 전용 장비를 만들어주는 곳은 한정되어 있으니."

"그쪽은 뭐… 따로 인맥을 타야겠지요."

인터넷으로 주문을 넣어서 만들어달라고 하는 건 간단하다. 돈을 주고 사오면 된다. 하지만 그 물건을 신뢰할 수 있느냐에 대해서는 또 이야기가 달라진다.

현대 기술을 사용하지 않았다고 광고하면서 실제로는 강철판을 떼다 만드는 경우도 있고, 그냥 옛 방식대로 만든 건 맞는데 실전용으로 도저히 사용할 수 없을 정도로 조악한 품질의 물건을 만드는 경우도 있다.

결국 진짜배기 가죽장이나 대장장이를 찾아다 주문을 넣어야 하는데, 이 사람들은 인터넷에서 장사를 하지 않고 정해진 곳에서만 수주를 받아다 한정 수량만 주문 제작 방식으로 생산을 한다. 옛날 방식대로 만드는 데는 손이 아주 많이 가고 생산성이 매우 떨어지니 당연한 일이다.

그리고 그 '정해진 곳'이 길드가 될 확률은 아주 낮다. 국가나 기업에서 아예 몇 년 치 생산량을 미리 주문해 놓는 경우가 비일비재해서, 그냥 돈을 얹어다 주는 걸로는 부족하다.

적어도 아는 사이 정도는 되어야 국가나 기업의 납품 수량을 채우기 전에 짬을 내서 주문을 받아주기라도 해줄 것이다.

인맥을 뚫어야 한다는 최재철의 말은 여기서 나온 것이다.

"뭐, 어떻게든 되겠죠."

오연화가 심드렁하니 한 마디 얹었다. 그러더니 한숨을 푹 내쉬었다.

"뭐야. 연화야, 앞으로의 일이 걱정이야?"

"아뇨. 전 지금 일이 걱정이에요."

최재철의 물음에 오연화는 최재철을 쏘아보며 대답했다.

"선생님이 요즘 저보다 다른 사람들하고 대화를 더 많이 하는 것 같아서요."

"사저, 그거야 길드를 창설한 지 얼마 안 됐으니……."

"사제는 빠져요!"

오연화와 구문효의 사이는 여전히 그다지 원만하지는 못하다. 그나마 사제라는 호칭을 써준다는 점에서 진전이 있었다고 해야 할까.

"그런데 선생님, 저 진짜로 여기 들어와서 살면 안 돼요?"

오연화의 화제가 또 데굴데굴 바뀌었다.

"너, 이제 지희랑 같이 산다고 그러지 않았냐."

혹시나 WF 측에서 또 납치하려는 시도가 이어질 수도 있어서, 최재철이 그렇게 조언했었다. 오연화 본인도 넓은 집에서 혼자 사는 걸 외로워하는 것도 같았고.

결국 두 사람 다 긍정적으로 반응했다. 그리고 이번 퇴사를 계기로 나갈 돈도 아낄 겸 이지희가 오연화의 집에 들어가기로 되어 있었는데…….

"그래도 여기 사는 게 더 낫죠. 뭐, 지희 언니도 같이 오면 되고요."

오연화는 태연하게도 말했다.

"뭐?!"

갑작스럽게 뛴 불똥에 이지희의 얼굴이 확 붉어졌다.

"그죠, 언니?"

불똥을 던진 본인은 어디까지나 태연했다. 심지어 이지희를 놀려 먹는 게 재미있는 듯 빙글빙글 웃기까지 시작했다.

"안 돼."

최재철은 딱 잘라 거절했다.

"직장이랑 집이랑 너무 가까우면 안 좋아."

"선생님도 지금은 아예 사무실 옆에서 사시잖아요?"

"지금이야 돈 아끼려고 이러는 거지. 길드 업무가 궤도에 오르면 새 사무실을 구할 거야. 그렇죠? 길드장님?"

최재철은 현오준에게 화제를 돌렸다.

"길드장… 그거 저입니까? …그냥 최재철 씨가 해주시면 안 됩니까?"

"지금 와서 또 왜 그러십니까. 이미 정해진 거잖아요. 서류도 다 올렸는데."

구문효가 싱긋거리며 말했다. 그의 말대로 길드 등록 신청을 구청에다 이미 제출한 뒤였고, 그 서류에는 길드장의 이름으로 현오준의 이름 세 글자가 새겨져 있었다.

"어쨌든 오늘은 장비가 없으니 차원 세포로 향하긴 좀 그렇군요. 이대로 차원 세포로 가면 알몸이 되어버릴 테니, 최소한 천연 소재로 만든 옷이라도 장만해야겠어요."

마침 최재철은 일주일 전에 정장을 주문해 둔 터였다. 장인이 한 땀 한 땀 직접 만드는 거라 쉽게 완성될 거라고는 생각하지 않았고, 완성품이 손에 들어오기까지는 아직 시간이 조금 더 걸리리라.

"그럼 어쨌든 오늘은 이걸로 해산하도록 하죠."

현오준의 말로 해산이 결정되었다.

"사저들, 제가 차로 모시겠습니다."

구문효가 나섰다.

"필요 없어요."

오연화가 거절했다.

"연화야, 타고 가라. 이 밤중에 여자애를 혼자 보낼 순 없잖니."

"선생님이 데려다주세요."

그렇게 오연화는 3분 정도 앙탈을 부렸지만 종국에는 순순히 구문효의 차를 타고 귀가했다. 물론 이지희도 함께였다. 지금 두 사람은 함께 살고 있으니 당연하다.

"자, 그럼."

현오준이 말했다.

"드디어 우리 둘만 남았군요. 두근거리는데요?"

"그러게요."

최재철은 웃으며 현오준의 농담을 받았다.

"이 날이 오길 기다리고 있었죠."

생각해 보면 이상했다. 일이 너무 잘 풀렸다.

최재철은 C급 라이센스를 따고 며칠 지나지 않아 TA의 서류 심사를 통과해, 현오준에게서 면접을 받아 TA에 입사했다. 그리고 바로 그날, 현오준의 '접대'를 받았다.

그 다음 주 월요일, 첫 출근을 한 최재철은 현오준 팀에 참가했다. 거기에는 S급 랭커인 오연화와 S급이 되고도 남을 재능의 소유자인 구문효가 있었다.

그리고 다소 불미스럽게 퇴사하기는 했지만, 그렇게 최재철은 현오준과 이지희를 포함해 최상급의 어벤저 인재를 얻을 수 있었다.

최재철에게 있어서는 최상의 형태라고 할 수 있었다. TA 내부에서 위로 향하는 것보다는 적당히 실적을 쌓고 정보를 얻은 후에 자기 팀을 꾸려 나오는 것이 그의 목적에는 좀 더 잘 부합하니까.

이렇게까지 마치 누가 미리 시나리오를 짠 것처럼 일이 잘 풀릴 수가 있을까?

아니, 일은 잘 풀릴 수 있다. 거기에는 우연이 작용할 요소가 있으니까.

하지만 현오준이라는 인물은 명백하게 이상하다.

자신보다 어린, 입사한 지 며칠 되지도 않은 신입 사원에게 팀의 주도권이 넘어갈 위기에 처해 있는데도 그냥 넘어갈 성인 남성은 드물다. 적어도 무기력하게나마 불쾌함이라도 느껴야 정상이다.

그러나 현오준은 너무나도 간단하게, 그것도 흔쾌히 팀의 주도권을 최재철에게 넘겨주었다. 다시 생각해 보면 그의 협조가 있었기에 일이 이렇게 잘 풀린 것이다.

현오준의 입장상 자신의 위치를 위협하는 최재철의 방해를 해도 모자랄 판에 협조라니. 이상하지 않은가?

현오준 본인이 보살에 가까운 인격자라는 가설도 내놓을 수는 있겠지만, 최재철은 요 열흘간 그를 관찰해 왔다. 그 가설은 참이 될 수 없다. 최재철이 내린 결론은 그것이었다.

현오준에게 다른 목적이 있다고 생각하는 게 더 자연스러웠다. 그리고 최재철은 오늘 그걸 물어볼 셈이었다.

"비밀 이야기를 시작하죠."

그런데 현오준이 먼저 입을 열었다.

"저는 당신의 비밀 하나를 알고 있습니다, 최재철 씨."

현오준의 말을 들은 최재철은 애써 태연함을 가장해야 했다.

최재철의 비밀은 많지만, 그중에서 가장 중요한 건 김인수의 존재다. 적의 뒤에서 기습적으로 비수를 꽂기 위해 지금껏 감춰온 그의 진정한 정체.

그걸 현오준이 알아채고 있다는 거라면…….

'죽여야 할 수도 있겠군.'

최재철은 최악의 사태를 대비했다.

"아, 걱정하지 마시길. 그 비밀로 협박을 하거나 하지는 않을 테니까요. 지금껏 제가 당신을 제 팀으로 끌어들이기 위해 얼마나 노력했는지 아신다면, 제가 섣불리 당신을 적으로 돌리진 않을 거라고 생각하실 수 있으실 겁니다."

그건 납득이 가는 논리였다. 여기까지 오기 위한 시나리오를 짠 게 현오준 본인이라면 모든 게 설명이 가능하다. 최재철은 가능성이 높은 가설 중 하나로 이미 그걸 떠올리고 있었고, 현오준 본인이 지금 그걸 긍정했다. 납득이 안 갈 이유가 없었다.

"그 제 비밀이라는 게 뭐죠?"

최재철은 냉정을 되찾고 물었다.

"당신의 목적입니다, 최재철 씨."

"목적이요?"

최재철에게 있어서 생의 목적이란 단 하나뿐이었다.

복수, 완전무결한 복수.

진가규를 완벽하게 짓밟아 없애는 것.

이걸 알고 있다고?

최재철은 현오준의 막 벌어지기 시작한 입술에 주목했다.

"WF에의 복수죠?"

현오준이 말한 대답은 완벽하지는 않았다. 그러나 진실에는 꽤 근접해 있었다.

최재철의 눈빛이 날카로워졌다.

"그 눈빛을 보니 제가 정답을 말한 것 같군요."

최재철의 날카로운 눈빛을 바라보며, 현오준은 오히려 안도하면서 말했다.

"이 세계의 당신도 저와 같은 목적을 품고 있어서 다행입니다."

현오준은 계속해서 말했다.

"저도 제 비밀 하나를 말씀드리도록 하죠. 그게 공평할 테니까요."

의미심장한 3초간의 침묵 끝에 현오준은 마침내 입을 열고……

"사실 저는 이번이 두 번째입니다."

이렇게 말했다.

*　　　*　　　*

"저는 전생에 기자였습니다."

현오준은 그렇게 이야기를 시작했다.

"전생이라는 단어에서 조금 오해가 발생할 수 있겠군요. 이번이 두 번째라는 말에서 예상은 하셨겠습니다만, 그 전생에서도 저는 현오준이었습니다. 저는 한 번 죽고, 다시 과거로 돌아왔죠. 그 과거가 지금, 그러니까 현재입니다만."

"백 투 더 퓨처 같은 건가요?"

최재철은 20세기의 영화를 예로 들었다. 김인수의 나이라면 본 게 이상하지 않지만, 최재철이나 현오준의 경우라면 약간 고전 영화라는 느낌을 받을 것이다. 다행히 현오준도 그 영화를 본 것인지, 턱에 손가락을 짚은 채 약간 생각하다 대답했다.

"뭐, 그렇다고 볼 수 있겠군요. 좀 다르긴 하지만요. 굳이 따지자면 터미네이터 쪽이 더 가까울 것 같군요."

아무래도 현오준은 상당한 영화광이었던 모양인지, 또 다른 20세기의 영화를 예로 들었다. 하지만 그는 곧 고개를 저었다.

"음… 이것도 좀 다른가. 두 작품 모두 미래의 자신이 직접 과거로 오는 거지만, 저 같은 경우는 미래의 기억을 가진 채 다시 어려진 케이스입니다."

어떤 일이 일어난 건지 최재철은 대충 예상이 갔다. 하지만 그는 굳이 입을 벌리지 않고 이어질 현오준의 이야기를 기다렸다.

"전생에서 저는 최재철 씨와 인터뷰를 했습니다. 그 인터뷰 내용은 아직도 기억하고 있습니다. WF가 차원 균열을 열고 다니고 있다는 내용의 인터뷰였죠. 그리고 차원 균열이 이 지구라는 차원에 미치는 영향에 관해서도요."

현오준의 목소리에서 열기가 묻어나기 시작했다.

"특종이라고 생각했죠. 전 인터뷰 내용을 바로 기사화시킬 생각이었습니다. 딱히 정의감 때문이 아니라, 제가 기사로 주목받을 기회라고 생각했던 거긴 합니다만."

현오준은 문득 미간을 찌푸렸다.

"그런데 이 제 특종을 편집장이 막더라고요. 제 인생을 바꿔놓을 대특종인데! 뭐, 물론 지금 다시 생각하면 막을 만한 내용이기는 했습니다만, 당시의 저는 납득이 가지 않았습니다."

그때 일을 생각하면 다시 통쾌함이 느껴지는지 현오준은 씨익 웃었다.

"그래서 기습적으로 기사를 냈고, 그 특종 단독 기사로 거대한 반향을 일으키는 데 성공했습니다. 저는 단번에 유명 인사가 됐죠!"

그리고 WF의 심기를 상당히 거슬렀을 테고 말이다. 아니나 다를까, 현오준의 표정은 삽시간에 어두워졌다.

"그 결과, 저는 납치당했습니다."

표정과 달리 현오준의 목소리는 어디까지나 담담했다.

"그 사람들은 절 '공장'으로 끌고 갔습니다. 그리고 온갖 고문을 다 당했죠. 그런데 그 고문이란 게 제게서 어떤 정보를 끌어내는 게 목적이 아니었습니다. 그냥 절 괴롭히는 게 목적이었고, 절 궁지로 몰아붙이는 게 목적이었죠."

마치 자기 일이 아닌 듯, 현오준은 태연히 이야기를 계속했다.

"지금 다시 떠올리자면 그 사람들은 절 어보미네이션으로 만드는 게 목적이었던 것 같아요. 그들은 거길 공장이라고 불렀으니까……. 아마도 어보미네이션을 만들어내는 공장이었겠죠. 말하자면 어보미네이션 공장이라고나 할까요."

그 이야기는 최재철에게도 다소 충격을 주었다.

지금의 지구에서는 인간이 어보미네이션으로 변한다는 사실조차 제대로 알려져 있지 않았다. 그러나 WF는 그 정보를 독점하고, 이용하려고 들었다.

그게 바로 어보미네이션 공장이라는 광기의 산물이었다.

사람을 어보미네이션으로 만든 후 죽여서 그 시체를 자원으로 사용한다. 상상은 해볼 법했다. 하지만 그걸 실제로 행동에 옮기는 건 다르다. 사람의 목숨을 돈으로 환산하는, 인간성을 버린 인종에게나 가능한 행동이었다.

"어쨌든 그렇게 궁지에 몰린 저는 그 목소리를 듣게 됩니다. '힘이 필요한가?'. 그 질문에 고개를 끄덕이면 어보미네이션이 되어버린다는 걸 전 잘 알고 있었습니다. 최재철 씨, 당신이 알려준 것이니까요. 그래서 전 올바른 대답을 할 수 있었습니다."

현오준의 눈빛이 빛났다.

"날 과거로 보내 달라… 고 말이죠."

그렇게 된 거였다. 최하급 계약마와의 계약으로 현오준은 과거로 돌아오는 것을 택했다. 아마도 '그' 현오준은 시간을 되돌리기 위한 대가로 어보미네이션이 되어버리고 말았겠지. 그리고 WF에게 살해당해 어보미네이션 시체라는 '자원'이 되었을 것이다.

"…절 원망하거나 하지 않으셨습니까?"

최재철은 그렇게 되물었다.

"아마 '그' 최재철도 당신이 그런 기사를 내보내면 WF가 어떻게 나올지 알고 있었을 겁니다. 그런데도 당신과 그런 인터뷰를 했다는 건……."

'이전 세계'의 나는 당신을 내 복수를 위해 이용했어.

최재철은 그렇게 말을 맺지 못했다.

그리고 김인수는, 지금의 김인수도 그렇지만 그러고도 남을 인물이었다. 그에게 있어서는 다른 무엇보다도 복수가 우선이고, 그때도 그랬을 테니까.

그러나 최재철의 말을 들으며 현오준은 싱긋 웃었다.

"당시의 최재철 씨도 그런 말을 했었습니다. 하지만 전 상관없다고 대답했죠. 그때의 저는 기자였으니까요. 그렇게 행동하는 게 당연했습니다."

어쩌면 그때의 현오준이 가진 진실을 밝히고자 하는 욕구는 김인수의 복수에 대한 열망만큼이나 컸을지도 모른다.

"어쨌든 전 미래의 기억을 지닌 채 과거로 돌아왔습니다. 그런데 제게 남은 것은 오직 기억뿐이고, 다른 능력은 모두 상실된 채더군요."

그야 그렇다. 회귀란 건 그 본인이 '돌아가는 것'이 아니라 '이번 차원'의 기억을 '다음 차원'의 본인에게 쏴주는 것에 가깝다. 회귀를 했다고는 하나, 두 존재는 근본적으로 다른 존재라고 할 수 있다.

"부끄럽지만 제가 복싱과 태권도를 좀 했었는데 뒤돌려 차기도 제대로 못 하고 휘청거릴 땐 좀 암담했습니다. 이건 지식 쪽도 마찬가지라, 영어랑 중국어를 할 줄 알았는데 다 잊어버렸더군요. 제가 가진 건 말 그대로 미래의 기억뿐이었습니다."

그러니 회귀를 하게 되면 현오준처럼 당연히 어벤저 스킬은 물론이고 손에 익은 기술이나 공부한 지식마저도 모조리 상실된다.

그래도 현오준은 운이 좋은 편이다. 회귀에 대한 정보가 없는 인간치고는 꽤 성공적으로 회귀한 편에 속한다.

지나치게 어린 상태로 회귀하게 되면 어린아이의 미성숙한 뇌에 성인의 기억을 전부 저장하지도 못한다. 기억마저도 날아가는 것이다. 그런 일이 일어나지 않은 것만 해도 상당히 성공적이라고 평가할 수 있었다.

"하지만 다른 사람들이 모르는 걸 알고 있는 저는 조금쯤은 다른 사람들보다 유리한 위치에 서서 어벤저 능력을 각성하고 신체 강화 능력을 단련해서 A급 어벤저가 되었습니다. 그렇게 TA에 입사하게 되었죠."

그건 그리 쉬운 일은 아니었을 터다. 단순히 궁지에만 몰린다고 최하급 계약마가 슥 나타나는 건 아니니까. 그는 아마도 여러 번 생명의 위기를 넘겼을 터였다. 그것도 스스로 나서서.

하지만 그 이야기는 현오준은 하지 않았다. 대신 그가 말한 건 더욱 긍정적인 이야기였다.

현오준이 A급 어벤저가 되었을 때는 지금보다도 훨씬 어벤저가 드물었고, 그만큼 대우도 좋았다고 한다. WF에서도 바로 러브콜을 받았다며 그는 웃었다.

"전생 같은 건 잊어버리고 그냥 이대로 떵떵거리며 사는 건 어떨까 생각한 적도 있습니다. 저 혼자만의 힘으로는 도저히 WF에 대항할 수 있을 것 같지가 않았거든요."

현오준의 얼굴에서 웃음이 사라졌다.

"그런데 당신을 발견한 겁니다."

그의 눈이 진지하게 빛났다.

"최재철 씨."

그의 손가락이 최재철을 가리켰다.

"당신을."

*   *   *

"사실 '지난 세계'와 '이번 세계'가 완전히 같지는 않더군요. 저 말고도 '회귀'한 사람이 있었는지, 변수는 꽤나 많았습니다. 그런 의미에서는 제 '미래'에 대한 기억은 그리 신뢰가 가지는 않을 겁니다."

현오준은 정확하지 않은 기억에 의존해 주식에 투자했는데,

그걸로 큰 손해를 봤던 모양이었다. A사에서 개발되어야 했던 기술이 B사에서 몇 달 먼저 나와 버리거나 하는 일이 발생했다고 한다.

"그럼에도 불구하고 당신의 동료들을 미리 제 팀으로 끌어들이는 데는 성공했습니다. '지난 세계'에서 당신은 이 팀을 만드는 데 3년 정도는 걸렸을 겁니다. '차원 너머'로 가는 데는 더 많은 시간을 필요로 했을 테고 말입니다."

현오준은 자랑스러운 듯 말했다.

"당신을 위해 이 팀을 미리 준비하는 건 가능했어도 정작 당신이 이번 세계에도 존재하는지, 그리고 당신의 목적이 똑같을지는 저도 확신할 수 없었습니다. 아까도 말씀드렸지만 변수가 많았으니까요."

그는 어깨를 으쓱거렸다.

"아무리 찾아도 이 업계에서 최재철이라는 사람은 없었습니다. 동명이인은 많이 찾아냈습니다만, 다들 어벤저도 아닌 데다 무엇보다 WF에 원한이 있어보이지는 않았으니까요."

그야 현오준이 최재철을 찾아내지 못한 것도 당연했다. 김인수가 10년 만에 지구로 돌아오기 전까지 '어벤저 최재철'은 존재하지 않았다.

'진짜 최재철'은 어보미네이션이 되어 존재를 잡아먹히는 대가로 자신을 궁지로 몬 인간들을 참살한 후 TA의 특수부대원들에 의해 살해당했다.

그 후에야 '어벤저 최재철'이 지구에 등장하고, 그가 어벤저 네트워크에 이력서를 올렸고, 현오준은 그 이력서를 발견해서… 여차저차 해서 지금에 이른다.

그런 이야기였다.

"이번 생에서는 WF를 건드리지 않고 그냥 편하게 산다? 그랬을 수도 있겠죠. 그럴 생각이 제게도 있었습니다. 만약 WF가 너무나도 명백한 악이 아니었다면, 전 그냥 제가 새로 얻게 된 어드밴티지를 활용해서 부와 명예를 손에 쥘 수 있었을 겁니다."

자신의 내면에 그런 욕망이 있었다는 것을 현오준은 다소 냉소적으로 인정했다.

"하지만 WF는 명백히 이 차원의 질서를 어지럽히는 악당들입니다. 이번 세계에서도 그렇다는 건 이미 확인했습니다. 저는 별로 정의의 사도 같은 건 아닙니다만, 악을 보고도 그냥 내버려 둔다는 건 그저 그것 자체로 상당히 불쾌한 일이더군요."

진지하게 그렇게 말한 현오준은 문득 멋쩍은 듯 웃었다.

"…뭐, 그런 것보단 절 죽인 WF에게 복수하고 싶은 마음이 더 크긴 하지만요."

현오준의 입가에서 다시 미소가 자취를 감췄다.

"어쩌면 헛된 짓일지도 모르지요. 살해당한 건 '지난 세계'

의 저이고, 저는 아직 WF에게 어떤 피해도 입지 않았으니까요. 그러나… 그럼에도 불구하고 저는 복수하고 싶습니다. 전생의 기억은 아직도 생생하고, 그날의 고통 또한 저는 아직도 기억하고 있습니다."

현오준은 낮은 목소리로 으르렁거리듯 말했다.

"만약 복수할 방법이 없었더라면 전 포기했을지도 모르죠. WF는 여전히 강대하고, 혼자서 상대하기에는 너무나 벅찬 상대니까요. 하지만 저는 그 수단을 발견했습니다."

현오준의 시선이 최재철을 향했다.

"최재철 씨, 당신이 제게 있어서의 그 수단입니다. 사람을, 타인을 수단으로 삼는다는 건 그 사람에게 상당히 실례인 건 알고 있습니다. 하지만 전 수단과 방법을 가릴 생각이 그다지 없습니다."

현오준의 눈빛은 형형히 불타고 있었다. 그 불길의 장작은 분명 복수심이었다.

*   *   *

현오준의 이야기는 최재철, 즉 김인수에게 있어서는 그저 확인 작업에 지나지 않았다. 유력한 가설 중 하나가 참인 것으로 밝혀진 정도다. 그럼에도 불구하고 현오준이 이런 이야기를 터놓고 해준 건 김인수에게 있어서도 기쁜 일이었다.

정말로 신뢰하지 않고서는 이런 이야기를 할 수는 없다. 자칫 잘못하면 머리가 이상한 사람으로 취급을 받고, 더 나아가 자신을 이용하려 들 수도 있으니. 아무한테나 할 이야기는 아니다.

그만큼 현오준이 최재철을 신뢰했기에 이렇게 둘만 남을 기회를 노려 자신의 비밀을 밝힌 것이다. 이걸 어찌 기뻐하지 않을 수 있을까?

소위 말하는 '회귀자'에 대해서는 지나치게 두려워할 이유가 없다. 김인수가 거쳐 온 이계에서도 회귀를 해온 인물이 있지만, 그런 인물들의 영향력은 그렇게까지 강하지 않다.

그 이유는 현오준의 이야기에서도 드러났듯, 그들이 알고 있던 대로 세상이 움직이지 않기 때문이다.

만약 회귀자가 현오준 단 한 명이고, 지구라는 차원이 안정되어 있었더라면 현오준은 혼자서 역사를 바꿔놓을 수 있었을지도 모른다.

하지만 실제로는 그렇지 않다는 게 문제다.

회귀 전의 세계와 회귀 후의 세계는 '다른 차원'이다. 똑같아 보이지만 엄연히 다르다. 그러니 인접한 다른 차원도 전혀 다르다. 그렇게 되면 당연히 주변 차원의 영향 또한 두 차원이 전혀 다르게 받는다.

지금 지구는 차원 균열로 인해 주변 차원의 영향을 받아

자연재해가 일어나고 있는데, 회귀 전에는 일어났던 지진이 회귀 후에는 일어나지 않을 수도, 아예 다른 곳에 화산이 터질 수도 있다는 뜻이다.

당연히 자연재해는 인간의, 민족의, 나라의 미래를 크게 뒤바꾸어 놓는다. 결코 작은 변수가 될 수가 없다.

거기에 회귀자 다수가 서로가 서로의 변수가 되어 뒤엉켜 버리면, '미래를 알고 있다'는 장점은 '미래를 불확실하게 알고 있다'는 것으로 뒤바뀌어 버린다.

미래를 알고 있다는 확신 또한 회귀자들의 큰 빈틈 중 하나다. 현오준이 A라는 회사에 투자했다가 확 말아먹은 게 좋은 예다.

다른 회귀자가 회귀 전에서는 A에서 개발한 기술을 B라는 회사에 들고 가버렸다는 변수를 생각하지 못한 탓에 현오준은 모아둔 돈을 거의 다 날려야 했다.

평범한 사람이라면 확신을 못 해서 올인 정도는 하지 않았으리라. 적당히 분산투자로 위험을 줄였겠지만, 미래를 알고 있다는 확신이 과감한 투자를 하게 했고 큰 실패로 이어졌다.

그리고 그렇게 한 번 그렇게 크게 데이고 나면, 이제 회귀자들은 자신들이 알고 있는 대로 세상에 돌아가지는 않는다는 것을 깨닫고 크게 소극적이 된다. 자신의 장점을 살리지 못하게 된다.

이렇게 되면 회귀자도 그냥 일반인이다. 이런 사람들을 단지 그 사람들이 회귀했다는 이유로 두려워할 필요는 없다.

그래도 예외는 있다. 누군가에게서 원한을 산 자들은 그들을 두려워해야 할 것이다. 복수심을 가슴에 품은 자들은 수단과 방법을 가리지 않는다. 한 번 크게 실패해 데였다고 한들, 복수를 위해서라면 회귀 전의 기억을 어떻게든 활용하려 들 것이다.

현오준이 그 좋은 예이다.

현오준도 '이 세계'의 WF가 자신이 '여전히' 증오해야 할 대상인지에 대해 의구심을 갖고 여러모로 조사를 한 모양이었다. 여러 가지 변수에 의해 바뀌어 버린 세상인지라, 자신의 원한이 타당한 것인지에 대한 확신이 필요했을 테니까.

만약 몇 가지 변수로 인해 이 세계의 WF가 세상을 지키기 위해 싸우는 구원자로 뒤바뀌어 있다면 어떻게 되었을까? 그렇게 되었다면 현오준도 자신의 복수심을 묻어두고 개인의 영달을 마음껏 추구할 수 있었으리라.

하지만 누구에게든 불행히도 WF는 이 세계에서도 정의의 적이다.

그렇다면 복수심을 묻어둘 이유 또한 없다.

"복수를!"

그렇게 외치며 김인수와 잔을 나누기에 충분한 이유가 된다.

그렇게 지금 이 순간부로, 새로운 현오준의 길드는 더 이상

단순히 돈을 벌기 위한 목적의 조직이 아니게 되었다.

*　　　　　*　　　　　*

'내가 왜 이지희에게 집착하게 되었을까.'

진가충은 생각했다. 아무리 생각해도 그 계기가 기억이 나질 않았다. 그냥 첫눈에 반했다면 끝날 이야기일지도 모른다. 하지만 그렇다면 그 첫눈에 반한 계기가 떠올라야 했다. 멀리서 얼굴이라도 봤든가, 그런 에피소드가.

하지만 떠오르질 않았다.

기억에 결손이 있다는 걸 처음 자각한 건 언제일까. 사실 오래전부터 자각했었던 것 같다. 하지만 그는 곧 자신이 뭔가를 잊어버리고 있다는 사실을 잊어버렸다.

그렇게 잊었다는 것조차 잊은 채 살아왔었다. 그런데 하필 요즘 따라 다시 떠오르는 게 많다.

언제부터일까. 에스파다 도 오르텐이 등장한 후부터일까. 그 불쾌한 존재가 그의 기억 어딘가를 자극하여, 그 자신조차 잊고 있던 옛 기억을 끄집어내고 있기라도 한 건가.

'정확하진 않군.'

차라리 진현우, 그 녀석이 행방불명된 이후가 더 딱 들어맞는다. 그 전처와 그 사이의 아들이 한 번 죽고, 다시 되살아나서, 또 행방불명된 게 그의 기억을 자극시키고 있다는 게 인간적으로는 더 와 닿는다.

그가 평범한 아버지였다면.

'하, 웃기는군.'

그는 진현우에게 어떤 감정도 품고 있지 않았다.

걸리적거리는 녀석이었을 뿐이다. 보고 있자면 불쾌해지는 녀석.

그래서 내쫓았다. 진현우를 좋아하는 그의 아버지, 즉 진가규의 심기를 거슬리지 않기 위해 집과 돈을 안겨주긴 했지만, 솔직히 말하면 그것도 아까웠다.

그냥 나가뒈졌으면.

그게 솔직한 생각이었다.

왜 자신의 아들을 그렇게까지 귀찮게 여기게 되었는지는 진가충은 기억하고 있지 못했다. 별로 궁금하지도 않고, 떠올릴 필요도 느껴지지 않았다.

대신 떠오른 기억이 있었다.

잘 생각해 보니 유곽희와 결혼한 지는 10년도 채 지나지 않았다.

이것이었다.

그리고 그녀와의 사이에 진남이라는 딸을 낳았다는 건 기억하고 있었다.

진남의 이름은 진가충이 직접 붙였다.

'아니, 진짜 내가 붙인 건가?'

진남이라는 이름의 어원은 기억하고 있다. 하지만 '네 이름은 진남이다'라고 하는 장면이 떠오르지 않았다. 이름을 붙이는 과정이 조금도 기억에 남아 있지 않았다.

진가충은 자신의 배 위에서 거칠게 움직이고 있는 이지희와 똑같은 얼굴의 소녀를 올려다보았다. 쾌락은 그의 사고를 조금씩 마비시켜 간다.

그렇다. 그냥 즐기면 된다. 그런 생각이 그를 다시금 잠식한다.

진짜 진남은 10살 미만이여야 했다.

하지만 그런 생각이 다시 마음을 불편하게 했다. 눈앞의 소녀는 아무리 봐도 10살 미만으로는 보이지 않았다.

진가충은 소녀의 출렁이는 가슴에 손을 뻗어 붙잡았다. 부드럽고, 따뜻하고, 만지고 있으면 기분이 좋다.

기분이 나쁘다.

진가충은 소녀를 밀어젖혀 자신의 배 위에서 치웠다.

"…아빠?"

특별한 약에 취해 있음에도 이성이 약간은 남은 건지 소녀는 진가충을 올려다보며 그를 불렀다.

아빠라고.

'그래, 내가 아빠라고 부르라고 했었지. 그게 더 흥분될 거 같아서 말이야.'

하지만 지금은 오히려 흥분이 식는다.

왜일까.

진가충은 진남을 내려다보았다.

그러고 보니 마지막으로 약을 먹인 지가 언제였지. 슬슬 정신을 차릴 때가 되긴 했다.

'다시 약을 먹여야겠군.'

진가충은 기계적으로 생각했다. 지금까지 몇 번이고 해온 일이다. 프로세스화되어 있어도 이상하지는 않다.

그가 주사기를 들어 올리자, 진남의 얼굴에 황홀감이 깃들었다. 소녀는 스스로 팔을 내밀었다. 이미 그 팔에는 주사기 자국이 수없이 나 있었다.

역겨웠다.

처음으로 느끼는 감정이었다. 지금까지 몇 번이고 해왔던 일인데, 역겹다고 생각한 건 이번이 처음이었다.

처음으로 정신을 차린 것 같은 기분이었다. 이제껏 뭔가에 사로잡혀 있었던 것 같았다.

"안 돼!"

그는 신경질적으로 소리쳤다.

그리고 약이 든 주사기의 바늘을 자신에게 꽂았다.

"……! ……! ……!"

진가충의 몸이 부들부들 떨렸다. 이성이 휙 날아갔다. 약이
작용하는 동안은 아무것도 기억할 수 없다. 그 말인즉슨, 아
무것도 생각할 필요가 없다는 의미였다.

곧 그는 아무것도 생각하지 못하게 되었다. 그 자리에 굳어
져 버린 남자의 몸을 소녀가 붙잡아, 침대 위로 끌어당겼다.

아무것도 떠올릴 필요도, 깨달을 필요도 없는 시간이 이어
졌다.

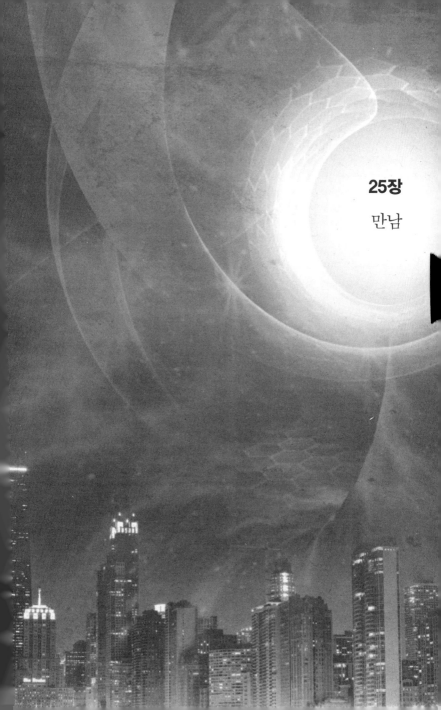

25장

만남

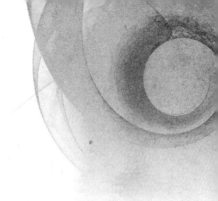

김인수가 최재철의 모습으로 웬디의 차원 세포에서 사흘간 자리를 비우고 있었을 때, 지구에서는 어떤 일이 있었을까? 정확히는 퇴사 절차를 밟느라 어제 하루를 꼬박 소비했으니, 그가 지나간 뉴스를 확인하게 된 건 나흘째의 일이었다.

눈에 띄는 기사는 많았다. 그러나 그중에서도 가장 눈에 띄고 마음에 들지 않는 것은 역시 WF에 대한 기사였다.

WF, 새 차원 균열을 10개 확보
경기도 지역에 무더기로 차원 균열이 발견… 모두 WF 소유가 되어.

WF, 차원 균열 대량 발견으로 인해 다시 주가를 회복해…….

       •

"후."

김인수는 그 기사를 보고 실소를 금할 수 없었다. 나흘 만에 차원 균열이 10개라니.

그것도 전부 경기도 지역? 아무리 그래도 심했다. 이 정도면 거의 세계 멸망의 전주격인 대사건이다. 만약 그 차원 균열들이 자연적으로 열린 거였다면 말이다.

"그럴 리 없지."

그 정도로 차원 질서가 무너졌다면 이미 지구 전체가 헬필드에 잠식되어 인류 문명은 중세 이전으로 후퇴하고, 어보미네이션 군단과의 결전을 매일매일 벌어야 할 터였다. 그렇지만 지금의 서울은, 그리고 세계는 그런 세기말적 상황으로 보이지는 않았다.

그렇다면 역시 WF가 '발견'했다는 저 10개의 차원 균열은 자연적으로 열린 게 아니라는 결론에 쉬이 도달할 수 있다.

"그것도 경기도 지역에만 10개라니, 속이 너무 빤하잖아."

의심을 받는 걸 두려워했다면 좀 더 띄엄띄엄, 적어도 경기도에 하나, 강원도에 하나인 식으로 차원 균열을 열었을 터였다. 아무리 그래도 경기도에만 10개의 차원 균열이 열렸다는 건 지나치게 부자연스러우니까.

그러나 WF는 에스파다 도 오르덴에 의해 10개나 되는 차원 균열을 잃었다. 방어에 나설 어벤저도 부족했을 테고, 지방에까지 전력을 분산시키는 것은 꺼려졌을 테니 어쩔 수 없이 경기도에 차원 균열을 좌르르륵 연 것이다.

WF가 위험 부담을 감수할 정도로 발등에 불이 떨어졌다는 것만큼은 가히 용비어천가 수준의 인터넷 기사들만 봐도 잘 알 수 있었다. 떨어져 나간 투자자들을 끌어모으고 다시 회사 운영을 정상 궤도에 올려놓기 위해 WF는 무진 애를 쓰고 있었다.

"이건 이용할 수 있겠군."

불쾌하고 짜증나는 기사이긴 했지만 이 정도의 짓을 벌였으면 어딘가에 균열이 생기게 마련이다. WF를 무너뜨리고 진씨 일가를 모조리 파멸로 몰아넣는 게 목적인 김인수의 입장에서는 적들의 무리수를 충분히 반가워할 수 있었다.

생각을 정리하면서 노트북을 들여다보고 있던 김인수는 오늘자 기사에서 이상한 걸 발견했다.

*   *   *

에스파다 도 오르덴이 방송을 탔다.

처음에는 인터넷에 짧은 동영상 클립이 올라왔다. 그리고 그것이 기사화되었다. WF에서는 별 규제를 걸지 않은 듯 영상은 일파만파 퍼져 나가, 저녁쯤에는 아예 TV 뉴스까지 타버렸다.

차원 균열을 닫고 다니는 정체불명의 괴한, 에스파다 도 오르덴!

스포츠 신문 1면에 떡하니 박혀 있는 문구가 좀 웃겼다.

그런데 문제가 있었다. 저 에스파다 도 오르덴이 김인수가 아니었다는 점이다. 영상 속에서는 교묘하게 비슷한 가면을 착용한 다른 남자가 에스파다 도 오르덴인 척하고 있었다.

"뭐지, 저건?"

원조 에스파다 도 오르덴인 김인수의 입장에서는 황당할 수밖에 없었다.

가설은 몇 개 세울 수 있었다.

가장 먼저, WF 측에서 일부러 가짜 에스파다 도 오르덴을 내세웠다는 것. 지금으로서는 이것이 가장 납득이 가는 가설이다.

영상까지 구해 떡하니 올려놓은 데다, 그간 통제해 왔던 언론마저 풀어서 대대적인 선전까지 했다. 이럴 수 있는 세력은 몇 없다.

WF, 혹은 정부.

정부가 이런 장난을 칠 동기가 없으니, 소거법으로 WF라 생각하는 게 온당하다.

그러나 이 가설이 가설일 수밖에 없는 이유가 하나 있었다. 이 영상을 찍으면서 에스파다 도 오르덴은 차원 균열 하나를 또 닫았다. 정확히는 가짜 오르덴이. 이번에 닫은 차원 균열도 WF 소유의 차원 균열이다.

차라리 정부라면 국토 방위와 국민 안전을 위해 차원 균열을 닫는다는 가설이 통하지만 WF는 오래된 차원 균열을 TA에 팔고 다니는 회사다. 그들에게 있어 차원 균열은 어디까지나 '자산'이다.

이걸 그냥 영상 하나 찍는다고 닫는다? 회사라는 조직의 목적이 이윤 추구라는 걸 생각하면 주식회사인 WF가 고를 수가 없는 선택지였다.

문제는 또 있다. 이 영상이 내포한 메시지였다.

나는 차원 질서를 수호하는 존재, 에스파다 도 오르덴이라 한다. 차원 균열은 차원 질서를 어지럽히기에 닫았다. 그동안 닫힌 차원 균열도 내가 닫은 것들이다. 그리고 나는 앞으로도 차원 균열을 닫을 것이다.

영상 안의 에스파다 도 오르덴은 이렇게 말하고 있었다. 대체 어떻게 한 건지 목소리까지 진짜 에스파다 도 오르덴과 똑

같았다.

비록 김인수가 직접 찍은 영상과 달리 WF가 차원 균열을 열고 다닌다는 정보는 누락했지만, 차원 균열은 차원 질서를 어지럽히는 존재이므로 닫아야 한다는 논지는 유지되었다.

그간 차원 균열이 무해한 존재라는 메시지를 여론에 전파하기 위해 WF가 사용한 금액은 상상을 초월했다.

그냥 광고만 찍어서 내보내는 것으로도 모자라, 상업 영화는 이제는 거의 찍지도 않는 시대에 다큐멘터리를 제작하고 무료로 배포했다. 그리고 학교에서는 이 다큐멘터리를 학생들한테 의무적으로 틀어줘야 한다.

거기까지 로비하는 데 얼마나 많은 돈이 들었을까. 김인수는 쉽게 상상해 낼 수 없었다. 이렇게까지 홍보해 놓은 WF의 입장에서는 차원 균열에 대한 부정적인 의견은 이제까지 들인 돈이 아까워서라도 지워 버리고 싶을 것이다.

그런데 자신들의 자산인 차원 균열을 하나 닫아가면서 이렇게 자극적인 방식으로 차원 균열에 대해 부정적인 의견을 개진한다? 앞뒤가 맞질 않았다.

"모순투성이로군."

김인수는 한숨을 내쉬었다. 하지만 그 단어를 내뱉는 순간, 그는 더욱 설득력이 있는 가설을 하나 떠올릴 수 있었다.

모순이라는 건 WF 전체가 같은 의견으로 돌아가고 있다고

가정하기에 나오는 단어였다. 하지만 WF라는 회사 전체가 한 덩어리로 뭉쳐 있는 게 아니다. 회사라는 건 많은 사람이 모여 있는 곳이고, 그들이 내부에서 서로 파벌로 갈려 대립하고 있을 수도 있다.

그리고 그 파벌 중 하나가 갈려 나와 이런 '반역 행위'를 저질렀을 수도 있었다. 이렇게 생각하면 적어도 앞뒤는 맞아든다.

"…좀 알아볼 필요가 있을 것 같군."

굳이 에스파다 도 오르덴의 이름을 꺼낸 건 진짜 오르덴을 끌어내어 보려는 의도도 있을 것이다. 함정일 수도 있었지만, 세상에 어디 리스크 없는 일이 있겠는가.

김인수는 에스파다 도 오르덴의 가면을 썼다.

*   *   *

"확신은 없습니다만, 아마도 유곽희의 짓일 겁니다."

추경준이 말했다. 그는 WF의 A급 어벤저였고, 차원 균열을 연다는 WF에서도 극비에 속하는 작전을 맡아 하던 존재였다. 그도 실무자인 터라 사내 정치에 대해 자세한 걸 알지는 못했지만, 대략적인 윤곽을 파악하고 있기는 했다.

"유곽희?"

"진가충의 처이지요."

진가충의 처. 그렇다면 진씨 일가다.

"부부라고는 하지만 사이는 대단히 나쁘고, 별거한 지도 꽤 되었습니다. 사실 사내에서 특별한 직위는 없지만 꽤나 여러 곳에 입김을 불어넣고 다니고 있다고 들었습니다."

"그게 되나?"

"그녀는 전 사장 유연학의 딸이기도 합니다. 유연학 파벌의 어벤저들은 그녀 말이면 껌벅 죽지요. 유연학 본인은 회사에 대한 충성도가 꽤나 높아서 대놓고 진가충과 대립하고 있지는 않지만 유곽희는 다릅니다."

"자네도 유연학 파벌이었나?"

"굳이 구분 짓자면 그렇게 되겠군요. 뭐, 전 제 일에 열심이었을 뿐입니다만."

그 일이라는 게 차원 질서를 어지럽히는 행동이었지만, 지금 그걸 또 지적할 필요는 없다.

"이번 일이 유곽희 짓이라고 판단하는 다른 근거는 없나?"

"유연학은 다릅니다만, 유곽희는 WF보다 WFF의 이익을 중시합니다. 더 정확히는 아버지인 유연학을 챙기죠."

진가충이 휠체어를 타고 칩거를 해버린 지금, WFF의 실권은 사장 대행인 유연학에게 돌아가 있다. 실권이라 하면 듣기에는 좋지만, 책임 또한 돌아가 있는 게 좋지 않다.

"유연학이 사장 대행을 하고 있는 지금, WF가 조금 손해를 보더라도 WFF의 책임을 덜기 위해 에스파다 도 오르덴의 존재를 대외에 밝히는 게 낫다고 생각했을 가능성이 높습니다."

"그렇군."

적이 명확해지면 내부의 결속을 도모할 수 있게 된다. 에스파다 도 오르덴의 존재를 밝힘으로써, 확실히 내부의 책임자를 경질하는 것보다는 적을 잡아 죽이는 데 역량을 집중하게 된다. 유곽회는 그런 효과를 노린 것 같다는 게 추경준의 의견이었다.

"자네가 보기에 유곽회는 차원 질서를 위해 처형해야 할 존재인가?"

사실 김인수는 진씨 일가를 한 명도 살려둘 생각이 없었다. 그럼에도 불구하고 그는 굳이 추경준에게 그렇게 물었다.

두 가지 의도였다. 그가 아직도 유연학에게는 충성할 의지를 남겨두고 있는지에 대해 떠보기 위해. 그리고 혹시나 아직 그에게서 끌어내지 못한 정보를 끌어낼 수도 있다는 생각에서.

"글쎄요, 저는 간혹 생각하고는 합니다."

김인수의 의도를 파악한 건지, 아닌 건지 추경준은 다소 애매하게 입을 열었다.

"유곽희라는 여자가 WF에 원한을 가진 게 아닌 건지 말입니다."

"원한?"

의외의 말에 김인수는 눈썹을 꿈틀거렸다. 물론 강철 가면에 가려져 그의 표정은 보이지 않았겠지만, 추경준은 그의 되물음에 약간 긴장하는 빛을 보였다.

"유곽희가 유연학 파벌을 움직여 일으킨 일들은 대부분 WF의 손해로 이어졌습니다. 대신 유연학의 WFF의 이득으로 이어지긴 했습니다만, WF 그룹 전체의 피해에 비하면 미미한 수준이지요. 진가충과 유곽희의 사이가 좋지 않은 건 그런 이유였습니다."

확실히 그건 이상하다. 유곽희라는 여자가 어지간히 멍청하지 않은 이상은, 그런 자신의 행동이 유연학 본인에게 있어서는 손해라는 걸 이해하고 있을 터였다. WFF가 아무리 이득을 본다 한들, 사내 정치에서는 유연학을 안 좋은 위치로 돌아가게 만들 테니까.

그럼에도 불구하고, 했다.

그건 이미 유연학을 위한 행동이 될 수 없었다. 두 가지 가설, 유곽희가 무서울 정도로 멍청하든지, 아니면…….

다른 목적이 있든지.

"사실상 유연학에게 이득을 안겨다 주는 건 핑계거리고, WF에 타격을 주는 게 진정한 의도가 아니었을까 하는 생각이 들 정도였죠."

추경준도 김인수와 같은 생각인지, 그런 분석을 내놓았다.

"뭐, 그 탓에 진가염 사장에 의해 축출되기도 했고 말입니다."

"진가염… 진가규의 장남인가."

"그렇습니다."

진가충 본인은 WF 그룹의 계열사 중 하나인 WFF의 부사장으로 있다가 최근에야 사장으로 올라왔지만, 진가염은 진작 본사인 WF의 사장으로 군림하고 있었다. 진가규 회장의 제1후계자로 발탁되었다는 무엇보다 확실한 지표였다.

"그런데 축출되었다는 건 무슨 뜻이지?"

"유연학 파의 어벤저들을 WFA라는 회사로 분리해서 TA에 팔아버렸습니다."

"TA에?"

"어벤저를 해고하는 건 다른 노동자를 해고하는 것과는 다릅니다. 어벤저 확보법에 의해 금지되어 있으니까요. 그래서 자회사를 만들어서 한꺼번에 퇴출시키는 방식을 사용한 거죠."

"자네도 유연학파의 어벤저 아니었나?"

"저는 유곽희의 작전에 참여하지 않아서 살아남았습니다만, 어쨌든 사내에서의 입지는 많이 축소되었지요."

추경준은 쓴웃음을 지으며 말했다.

"진가염 사장도 별 흠 잡을 데 없는 유연학 사장을 직접 축출하는 건 부담이 많이 되었는지 다소 복잡한 수를 쓸 수밖에 없었던 모양입니다. 그래도 이런저런 일이 생기면서 결국 성공한 셈이 되었지요."

에스파다 도 오르덴의 등장으로 차원 균열이 닫히면서 그 책임을 지울 인간이 필요해졌다. 그리고 그걸 계기로 눈엣가시였던 유연학을 축출했다. 그런 시나리오였다.

"진가충의 사장 부임은 그 마무리 한 수에 가까웠습니다. 하지만 지금은 진가충 본인이 칩거하고 다시 유연학이 실권을 잡는 상정하지 않았던 변수가 일어난 상황이죠."

김인수가 직접 조상평 일파를 이끌고 차원 균열을 닫는 바람에 진가충이 투자자들의 분노를 피해 칩거해야 할 상황이 찾아오고 말았다. 확실히 이런 외부 요인은 아무리 진가염이 잘나도 예측하기는 힘들 터였다.

"살아남은 유연학 파벌 어벤저들을 이끌고 유곽희가 술수를 한 번쯤 더 부려보기에 딱 좋은 상황이라고도 할 수 있습니다."

그래서 추경준은 유곽희를 범인이라고 생각한다, 고 자신의 논리를 마무리했다.

김인수의 입장에서는 다소 이야기가 복잡해진 것처럼 느꼈다. 사실 진씨 일가라면 누구든 다 죽여 버릴 생각이었지만, 유곽희라는 인물이 다소 이질적으로 보이기 시작했기 때문이다.

"유곽희는 어떤 인물이지?"

"가장 먼저 드는 인상을 말씀드리자면, 미녀죠. 마력적인 미모의 소유자라고도 할 수 있겠군요. 유연학 파벌의 어벤저들의 대다수는 물론 유연학의 인품에 반해서 파벌에 들어온 것입니다만, 그녀의 미모에 반한 놈들도 결코 적지 않습니다."

그렇게 말하면서 추경준은 질린 듯 고개를 절레절레 저었다.

"그녀를 적대시하는 파벌에서는 흔히 마녀라고도 합니다. 사내에서의 입지나 이런저런 유리한 점을 따지자면 당연히 진가충 파벌로 남아 있어야 할 어벤저들이 유곽희를 직접 한번 만나보고는 이점이나 권력이랑은 상관없이 유연학 파벌로 획 넘어가는 걸 보고 있자면 그렇게도 생각할 만합니다."

추경준의 말에서 김인수는 다소 위화감을 느꼈다. 그래서 바로 확인했다.

"그녀는 어벤저인가?"

"어벤저로는 등록되어 있지 않습니다. 일반인이지요."

"대답이 애매하군. 자네는 어떻게 생각하는가?"

"그녀는 상당한 미녀이기는 합니다만, 사진으로 볼 때 그녀가 인간을 초월할 정도로 예쁘냐면 그렇지는 않습니다."

"자네도 그녀와 직접 만나봤나?"

"예, 굉장한 미녀더군요. 사진과 달리."

"과연, 알겠네."

어벤저들이 하필 직접 만났을 때 그녀에게 넘어갔다는 말에서 미루어볼 때, 그녀는 매료 계열의 어벤저 스킬이라도 익힌 모양이었다고 생각할 수 있었다. 적어도 추경준은 그렇게 생각했기에 이런 말을 한 것이고.

추경준 정도의 실력자이기에 유곽희의 스킬에 저항할 수 있었고, 그래서 그는 그녀의 파벌에 들지는 않았다. 그래서 진가염의 대숙청에서 살아남을 수 있었다. 그런 가설을 세우는 것이 가능하다.

'그녀를 만날 땐 유혹 스킬에 대해 대책을 세워두는 게 좋·겠군.'

김인수는 그녀를 한번 만나봐야겠다는 생각을 굳힌 터였다. 죽일 건지, 아니면 이용할 가치가 있는 건지 직접 보고 가늠해 볼 셈이었다.

그런 점에서 추경준은 김인수에게 그럭저럭 유용한 정보를 하나 준 셈이었다.

"그래, 알겠네. 도움이 됐네."

김인수는 자리를 털고 일어났다. 그러다 문득 생각난 것처럼 그는 추경준에게 질문을 던졌다.

"혹시 '어보미네이션 공장'에 대해서 알고 있나?"

"어보미네이션 시체 가공 공장 말씀이십니까?"

"아니, 아무것도 아닐세."

혹시나 추경준이 현오준의 입으로 들었던 '어보미네이션 공장'에 대해 알고 있는지 떠보려고 했지만, 그는 전혀 모르는 눈치였다. 어쩌면 '이번 세계'에는 그런 공장이 존재하지 않는지도 모르고, 추경준도 모르는 또 다른 극비일 가능성도 충분했다.

"수고하게."

추경준은 혼자서 차원 균열을 닫을 수 있을 만한 힘을 갖출 때까지 수행 중이었다. 그런 그의 수행이 성공적으로 이뤄지고 있는지에 대해서는 굳이 묻지 않았다. 때가 되면 스스로 알릴 테니까.

*   *   *

김인수는 에스파다 도 오르덴의 모습을 한 채 또 다른 곳으로 향했다.

그는 조상평과 그 일당을 만나볼 생각이었다. 조상평 일당은 에스파다 도 오르덴을 돕느라 WF에 수배도 되었을 거고, 거액의 현상금까지 걸렸다.

그걸 어떻게든 해결하라고 백억 정도 가치가 되는 보석함을 주고 오긴 했지만, 아마 돈으로만 해결하기는 힘들었으리라. 잘 도망 다니고 있는지 좀 걱정이기는 했다.

사흘 전까지는 멀쩡한 걸 확인했지만, 그가 TA에서의 차원 균열 돌입 작전을 수행하느라 자리를 비웠던 사흘 동안 무사할지는 솔직히 확신할 수 없었다. 하지만 의외로 지금도 그들의 목은 붙어 있는 모양이었다.

첫 인상이야 어쨌든 에스파다 도 오르덴의 협력자들이다. 그들의 용태를 살피러 한 번은 들러볼 생각이었다.

물론 오직 그 목적만으로 그들을 찾아가는 것은 아니었다.

WF 소속이었다고는 하지만 B급 어벤저인 그들이 사내의 극비 정보에 대해 알고 있다고 생각하기는 어려웠지만, 그래도 방금 전까지 추경준에게서 얻은 정보에 대해 교차 분석을 해 볼 셈이었다.

모르면 모르는 대로, 대충이라도 알면 아는 대로 교차 분석을 할 수 있다. 정보의 신뢰도를 확보하기엔 도움이 될 것이다.

*   *   *

김인수가 찾아갔을 때, 조상평 일당은 벽에다 철 가면을 걸어두고 그 철 가면을 향해서 열심히 절을 하고 있었다.

"감사합니다, 에스파다 도 오르덴이시여! 감사합니다!!"

"감사합니다! 감사합니다!!"

조상평이 선창을 하면 다른 이들이 열심히 따라 외치며 절을 한다.

"……"

그 광경을 본 김인수는 뭐라 한 마디로 정의하기 힘든 기묘한 감정에 사로잡혀 몇 초 동안 그 자리에서 움직이지 못했다.

물론 그는 이들이 자신에게 종교적 신앙과도 같은 것을 품고 있다는 것 정도는 알고 있었다. 그런데 이렇게 대놓고 종교적 제의 같은 걸 올려 버리다니.

아무리 이계에서 잔뼈가 굵었던 김인수라 한들 이들이 이렇게까지 되리라고는 예상하지 못했다.

절을 하면서 하는 외침을 들어보니 뭔가 고마운 일이 있었던 모양이었다.

사람이 신에게 감사 기도를 올릴 때는 딱히 신과 직접적인 관련이 있지 않아도 그것 또한 신 덕분이라고 억지로 갖다붙이는 경향이 있다.

고대에는 번개가 치면 제우스, 파도가 치면 포세이돈인 식으로 나눠 생각했다는 것 같은데 인류의 종교가 대부분 유일신 종교로 바뀌면서 이런 경향도 생겼다.

그래서 김인수는 그들에게 뭔가를 해준 게 없음에도 불구하고 그들이 멋대로 에스파다 도 오르덴에게 감사 기도를 올리고 있는 것 같았다.

적어도 WF의 현상금 사냥꾼들을 상대로 도망 다니느라 바빠야 할 그들이 한가하게 철 가면을 만들어 벽에 걸고 절을 하고 있는 걸 보니 뭔가 있긴 있었던 것 같다.

며칠 전에 준 보석함 때문에 이러는 건 아닌 것 같은데, 무슨 일 때문일지는 지금부터 그들의 입으로 말하게 될 터였다.

"앗, 에스파다 도 오르덴이시여!!"

에스파다 도 오르덴의 모습을 한 김인수를 발견하자마자, 조상평이 가장 먼저 맨발로 달려와 김인수를 향해 절을 했다. 아까 철 가면에다 대고 하던 절과 똑같았다. 다른 이들도 조르르 따라 나와 조상평의 뒤에서 똑같은 자세로 절을 하기 시작했다.

"그만."

김인수가 말하자 그들은 동작을 딱 멈췄다. 말은 잘 듣는다.

"지금 뭘 하고 있는 건가?"

"위대하신 에스파다 도 오르덴께 감사를 올리고 있습니다."

조상평은 절하는 건 그만뒀지만 머리는 여전히 조아리며 대답했다.

"오르덴께서 굽어 살펴주신 덕분에 저희는 더 이상 쫓길 필요가 없어졌습니다. 이것이 모두 오르덴의 은복입니다. 어찌 감사를 올리지 않을 수 있겠습니까?"

"쫓길 필요가 없어졌다?"

"그렇습니다, 오르덴이시여. 바로 어제의 일입니다. 유곽희가 찾아와 차원 균열이 닫힌 것에 대한 배상금을 탕감해 주고 WF의 수배도 풀어주었습니다."

조상평은 다시 한 번 고개를 조아렸다.

"그 대가는 오로지 한 가지, 에스파다 도 오르덴께 자신에 대해 잘 말해 달라는 것뿐이었습니다. 이것이 에스파다 도 오르덴께서 저희께 하사하신 은혜가 아니면 무엇이겠습니까?"

조상평은 또 고개를 조아렸다. 꾸벅꾸벅 잘도 조아린다. 김인수는 굳이 그걸 그만두라고 하지는 않았다. 그것보다는 조상평이 말한 내용에 집중해야 했다.

유곽회가 이들에게 은혜를 입히고 에스파다 도 오르덴을 만나면 잘 말해 달라고 부탁했다. 이것은 무엇을 의미하는 것일까?

'1차원적으로 생각해 보면 사이좋게 지내보자는 제스처겠지.'

김인수는 이계에서도 별로 순탄한 인생을 살아오지는 않았고, 그렇기에 경계와 의심이 몸에 배었다. 그러므로 그는 2차적인 생각을 한다.

'나를 끌어들이기 위한 함정일 수도 있고.'

유곽회는 WF 쪽 인사다. 추경준의 이야기가 있긴 했지만, 기본적으로는 역시 적이다. 함정이라고 생각하는 쪽이 오히려 온당하다.

"유곽회가 내게 연락처 따위를 남기지는 않았는가?"

"그런 건 없었습니다."

그건 의외였다.

연락처를 남겼다면 김인수는 이것이 자신을 향한 함정이라고 생각했을 것이다.

에스파다 도 오르덴은 철 가면으로 얼굴을 가린 괴한이다.

그를 적대시하는 세력으로서는 그 정체를 우선 알아보고 싶을 것이다. 다른 실마리가 없는 상황에서 그 방법으로 가장 좋은 건 역시 대면하는 것이다.

적당히 그의 추종자에게 은혜를 입히고 연락처를 남기는 것은 얕은 수지만 동시에 잘 먹히는 수이기도 하다. WF 측에서는 충분히 시도해 볼 만한 수작이었다.

그런데 연락처조차 남기지 않고 그냥 떠나다니.

'유곽희라는 여자가 그냥 멍청할 여자일 가능성이 조금은 높아졌군.'

멍청한 여자가 아니라면 말도 안 되는 도박사다. 혹시나 에스파다 도 오르덴이 자신들의 호의를 함정으로 오해할까 봐 일부러 연락처를 남기지 않았다는 뜻이니까.

그럼 유곽희가 조상평 일당에게 입힌 은혜는 정말 순수하게 에스파다 도 오르덴의 호의를 사기 위한 것임이 된다.

하지만 그럴 가능성은 너무나도 낮았다. 조상평 일당이 에스파다 도 오르덴에게 협조함으로써 WF에 입힌 피해액은 수천억 원 규모에 도달한다. 그런데 그냥 호의 좀 얻자고 그걸 탕감한다? 앞뒤가 맞지 않았다.

여기서 추경준의 이야기를 좀 떠올려 보면, WF에 피해를 입히기 위해 무리수를 던졌을 가능성도 없지 않았다. 그러나 이렇게 생각해도 유곽희의 행보에 이해가 안 가는 점이 생긴다.

이번 일에는 WFF와 유연학이 관련되어 있지 않기 때문이다.

즉, 최소한도의 변명거리도 없는 행동이다. 위험성이 너무 높다. 만약 이 일이 공론화된다면 그녀 본인은 물론 유연학까지 싸잡혀서 WF 내에서 실각되도 할 말이 없다.

'뭐 하는 여자야?'

김인수는 철 가면 아래에서 조상평에게 들리지 않도록 혀를 찼다.

'아무래도 직접 봐야 할 것 같군.'

그냥 멍청한 여자인 건지, 아니면 대범한 도박사인 건지 직접 보지 않으면 판단하기가 어려웠다. 물론 멍청한 여자일 가능성이 훨씬 높았지만, 김인수는 더욱 확실한 정보를 원했다.

"그 여자와는 이 방에서 만났나?"

"예, 오르덴 님."

그렇다면 이야기는 간단해진다.

"비전."

장소의 기억을 읽으면 된다. 그리고 김인수에게는 그럴 능력이 있다.

"오, 오오오!!"

김인수가 능력을 사용하자 그 자리에 있던 조상평 일당이 일제히 그 자리에 엎드렸다. 외경의 뜻을 보이는 것이리라. 김인수는 그들에게 신경 쓰지 않았다. 그는 장소의 기억을 읽어내는데 신경을 집중했다.

[아마도… 에스파다 도 오르덴과 제 목적은 일치합니다.]

이 자리에 있던 유곽희는 그렇게 말하고 있었다. 불타는 눈동자로. 복수의 의지를 담은, 원한과 증오로 가득 찬 눈빛이다.

"후."

김인수는 짧게 웃었다. 이것만 보면 아무래도 가능성이 낮은 쪽이 진실인 것처럼 보인다.

추경준에게 아직 유연학과 유곽희에 대한 충성이 남아 있다는 의혹은 이제 조금쯤 벗겨줘도 될 법했다. 그의 말이 맞는 것처럼 보이니까.

아버지마저도 자신의 목적을 위해 희생시킬 수 있을 정도로 복수에 미친 이 여자가 노리는 대상은 틀림없이 WF였다. 적어도 그녀의 눈동자는 그렇게 부르짖고 있었다.

'이마저도 연기라면 연기 대상 급이겠군.'

유곽희가 에스파다 도 오르덴이 혹시 여기서 비전 능력을 사용할까 봐 연기를 했다는 가설은 아무리 그래도 지나치다. 그럼에도 불구하고 그는 아직까지도 유곽희를 완전히 신뢰하지는 않았다. 하지만 적어도 이제는 직접 접촉해 볼 필요는 느꼈다.

"조상평, 그리고 그 일당."

"예, 옙!!"

"나에 대한 경배는 됐으니까 수양과 수행에 힘쓰도록. 내

힘이 될 수 있을 정도로는 강해져 보이게나."

"알겠습니다, 에스파다 도 오르덴 님!!"

이들이 보여준 충성심이라면 아마도 진심으로 노력할 것이다. 종교적 열정은 때로는 다른 어떤 것보다도 강한 동기부여가 된다.

그걸 바른 방향으로 이끌어 줄 수만 있다면 간혹 놀라운 결과를 빚어내고는 한다. 적어도 중세 유럽인들을 암흑시대에서 르네상스로 끌어 올려줄 정도는 된다.

대답에 만족한 김인수는 그 자리를 떴다.

*   *   *

진현우였던 존재는 점점 더 진현우에 가까워져 가고 있었다.

안심하고 쉴 장소를 손에 넣은 그는 좀 더 효율적으로 자신의 체력과 능력을 관리할 수 있었고, 그런 만큼 적극적으로 사냥에 나설 수 있었다.

"오늘 얻은 기억은……."

그는 진현우의 침대에 누워 오늘의 전리품을 점검하는 시간을 갖고 있었다. 전리품이란 물론 진현우의 기억을 가리킨다.

"첫사랑에 대한 기억이로군, 하."

솔직히 별 도움이 되지 않는 기억이라고 생각했다. 그러나 기억을 떠올리면 떠올릴수록 그는 얼굴을 굳힐 수밖에 없어졌다.

진현우 소년의 첫사랑이 시작된 날을 떠올리기 위해서는, 시간을 꽤 오래 거슬러 올라가야 한다. 도중의 기억은 꽤 끊어져 있어서 완벽하지는 않지만, 진현우 소년이 첫 사랑의 여자와 만나게 된 계기와 그날 바로 그녀에게 반했다는 것은 알 수 있었다.

초등학교 5학년, 진현우 소년의 생일날이었다. 그의 생일을 축하하기 위해 사람들이 모여들었다. 어른들이었다. 사실상 진현우 소년의 생일은 핑계고, 그의 할아버지인 진가규에게 환심을 사는 것이 목적인 인간들이었다.

아직 유년기였지만 눈치만큼은 빨랐던 진현우 소년은 그것을 잘 알았기에 불퉁한 표정으로 삐친 채 자리에 앉아 있었다. 자신의 생일을 축하해 주는 어른들의 말을 듣는 둥, 마는 둥 해도 버릇없다고 말할 사람은 아무도 없었다. 그의 부모조차 말이다.

할아버지와 동석할 때 그는 말 그대로 누구도 건드릴 수 없는 존재가 된다. 물론 그의 할아버지가 그를 매우 귀여워하기 때문에 일어나는 현상이었다. 그 자리에서 진현우 소년은 할아버지 눈치만 보면 됐다.

그런 자리에서 그는 첫 사랑의 소녀와 만난다.

유곽희.

지금은 그의 새어머니인 여자였다.

당시에는 이런 미래가 기다리고 있을 거라고 생각지도 못한 소년은 얼음장 같은 표정으로 감정 따윈 없는 듯 인형처럼 그 자리에 가만히 앉은 소녀에게 다가갔다.

"이름."

소년이 그 자리에서 한 첫 마디가 그거였다. 그러니까 그날의 생일 파티를 통틀어서 말이다.

"유곽희."

소녀도 그렇게만 답했다. 이 자리는 소년의 생일 축하 파티고, 호스트인 그에게 축하의 말을 한 마디라도 던지는 게 예의였지만 소녀는 그런 건 다 무시했다.

소년은 그런 소녀가 마음에 들었다.

"너, 내 꺼 해라."

"뭐?"

그때, 처음 소녀의 표정이 무너졌다. 소년은 그 사실을 자랑스러워했다.

"호, 그래. 현우야, 이 아이가 마음에 들었느냐?"

줄곧 소년의 등 뒤에 서 있던 그의 할아버지, 진가규가 재미있다는 듯 말했다.

"그럼 이 아이는 이제부터 네 거다."

그 누구도, 소년과 소녀 당사자들마저 감히 진가규의 말에 토를 달 수는 없었다.

그렇게 유곽희 소녀는 진현우 소년의 약혼녀가 되었다.

진현우 소년은 아무것도 모른 채, 소녀를 손에 넣었다고 기뻐했다.

그의 아버지가 소녀에게 욕망의 시선을 던지는 것도 눈치채지 못한 채.

"그렇게 된 거였군."

진현우였던 존재는 왜 자신의 아버지, 진가충이 자신을 싫어했는지 깨달았다.

아직 기억을 완전히 되찾지는 못해 중간 과정은 띄엄띄엄 넘어갔지만, 어느 순간부터 유곽희가 진가충의 처가 되어 있는 걸로 보아 진가충이 욕망을 이룬 모양이었다.

지금 유곽희에 대해 어떤 감정을 갖고 있는지에 대해 묻는다면, 진현우였던 존재는 별 감정 없다고 대답할 것이다. 하지만 그것이 그저 잊고 있기 때문인 건지, 아니면 정말로 아무 생각 없는지에 대해서는 그 자신도 몰랐다.

결국 진짜 대답은 더욱 많은 어보미네이션을 포식하고 확실한 기억을 되찾은 후에나 할 수 있게 되리라.

진현우였던 존재는 눈을 감았다. 오늘은 이미 체력을 많이 소모했다. 지금은 휴식이 필요한 때였다.

　　　　*　　　　　*　　　　　*

　어보미네이션도 꿈을 꾸는가?

　그 질문에 대한 답은 '그렇다'이다.

　진현우였던 존재가 첫 계약 때 얻은 힘으로 진현우에 점점
더 가까워지고 있는 도중이라 한들, 그 본질이 어보미네이션
임은 말할 것도 없다. 그리고 그 존재가 지금 꿈을 꾸고 있으
니, '어보미네이션도 꿈을 꾸느냐'에 대한 질문에 대한 답은 '그
렇다'일 수밖에 없었다.

　사실 꿈이라는 현상에 대해 학자들은 뇌에서 무작위로 정
보를 꺼내와 재생시키는 것이라 정의하고 있다. 그렇다면 그
가 꾸고 있는 꿈 또한, 그의 기억이 무작위로 꺼내어진 것이라
할 수 있었다.

　그러나 이상하게도 진현우였던 존재가 오늘 꾼 꿈은 그가
전혀 모르는 기억이었다.

　"네 딸이야."

　꿈속의 유곽희가 말했다. 포대기에 싸인 아기가 그녀의 손
에 들려 있었다.

　"내 딸이라고?"

　꿈속의 진현우는 생각지도 못한 의외의 말을 듣기라도 한

듯 대꾸했다.

"그래. 네게 이 아이의 이름을 붙일 권리는 없지만 말이야."

"……"

"이 아이의 이름은 네 아버지가 붙였어."

"그 이름이 뭐지?"

"진남."

"이상한 이름이로군."

"나도 그렇게 생각해."

얼음장처럼 차가운 표정으로 유곽희는 말했다. 그러고 보니 그는 이 여자의 이 차가운 표정에 반했었다. 하지만 지금은 그 표정이 무섭고 두렵기만 했다.

"그러니까 이 아이는 네 딸이자 네 여동생이기도 하지."

진현우는 지금 무슨 표정을 짓고 있을까. 꿈속의 그는 진현우 자신이기 때문에 알 수가 없었다. 자신의 표정은 의외로 좀처럼 보기 힘든 법이다. 거울 따위로 볼 수야 있겠지만, 거울이 보여주는 상은 반전된 상이다.

아니, 지금 중요한 건 그런 게 아니었다.

아니, 지금 중요한 것 따위는 없었다.

이건 꿈이니까.

꿈이란 건 진실과는 거리가 멀다. 뇌 속의 정보를 무작위로 재생한다고는 하지만 그 정보가 왜곡되는 건 흔한 일이다.

기괴하게 일그러지기도 하고 현실과는 완전히 반대로 재생되기도 한다. 현실이길 바라는 쪽으로 재생되거나, 이것만은 아니었으면 하는 식으로 재생되기도 한다.

그렇다면 진현우는, 진현우였던 존재가 아니라 본체인 진현우는 이 꿈이 진실이길 바랄까, 아니면 이것만은 진실이 아니었으면 할까. 진현우였던 존재는 아직 진현우가 아니기에 모른다. 그걸 알게 되는 순간이 진정 그가 진현우가 되는 순간이리라.

"이 아이는 네게 맡길게."

그가 무슨 생각을 하든, 꿈속의 유곽희는 아랑곳 않고 계속 말했다.

"네가 키워."

"왜 내가?"

"네 아버지는 얘 얼굴도 보기 싫다고 했거든. 잘못하면 죽이려고 들지도 몰라."

'네가 죽이려고 할지도 모르지.'

꿈속의 진현우는 그렇게 말하지 못했다.

'넌 날 증오하니까.'

그렇게 말할 리가 없었다. 꿈속의 진현우는 유곽희가 자신을 얼마나 증오하는지 잘 알고 있었다. 그러나 그 사실을 알게 되는 것을 두려워하고 있었다. 이미 알고 있음에도 불구하고 그걸 알게 됨을 두려워하다니. 모순도 이만저만이 아니었다.

꿈속의 진현우는 아무 말 없이 포대기에 싸인 아기를 받아들었다. 따뜻함은 느껴지지 않았다. 당연하다. 이건 꿈이니까.

진현우였던 존재는 눈을 떴다.

꿈에서 깨어났음을 그는 뒤늦게 눈치챘다. 그걸 눈치챈 것도 품속에 아기가 없었기 때문이었다. 얼마나 꿈에 취해 있었던 거냐며 그는 스스로를 비웃었다. 그럼에도 불구하고 기묘한 상실감이 여전히 그를 사로잡고 있었다.

그는 진현우의 침대에서 일어났다.

이 꿈이 사실인지 아닌지도 그는 모른다. 진현우의 기억은 아직도 완벽하지 않고, 군데군데가 빠져 있으니까.

이 꿈이 사실인지 알아내기 위해서는 그는 기억과 능력을 더 많이 되찾아야 했다.

"다시 사냥하러 가야겠군."

꼭 꿈 때문만은 아니지만 그는 평소보다 빨리 집을 나서기로 마음먹었다.

26장

다짐

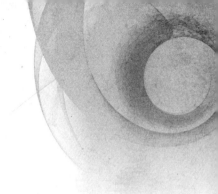

　사실 오늘 출근하라는 말은 누구도 하지 않았다. 출근하지 않아도 좋다는 말은 했지만 말이다. 그런데 다들 이렇게 임시 사무실에 모여들었다.

　"이렇게 모여 있어도 달리 할 일은 없는데 말이죠."

　현오준이 툴툴거렸다.

　"길드의 정식 등록에도 시간이 걸려서 어차피 할 수 있는 일이 없습니다."

　현오준의 말이 맞았다. 현오준 길드는 아직 법적으로는 그냥 개인들의 사적인 모임에 불과했으므로, 중소 길드가 일반적으로 할 수 있는 일도 아직은 받을 수가 없었다.

웬디의 차원 세포에서 발견한 다이아 스틸 노천 광산이 있긴 하지만, 제대로 된 매입처와 거래를 하려고 해도 길드가 정식으로 등록되어야 뭐라도 할 수 있었다.

현재로서는 블랙마켓이라도 이용하지 않는 이상 그 다이아 스틸 원석을 지구의 화폐로 바꿀 수는 없다.

"그럼 길드장님은 왜 출근해 계시죠?"

오연화가 샐쭉이 눈을 뜨며 현오준을 노려보았다.

"선생님을 독점하려고 하셔봤자 의미 없어요! 어제는 그냥 먼저 갔지만, 오늘은 그렇게 안 될 걸요?"

"넌 날 뭐라고 생각하는 거냐."

최재철이 한숨을 내쉬었다. 그런 최재철의 말에 오연화는 잠깐 생각하다가 이렇게 대답했다.

"마성의 어벤저?"

오연화의 말을 들은 현오준이 껄껄 웃었다.

"확실히 열흘 만에 이렇게 네 명을 모두 꼬셔 버린 걸 생각하면 마성이라고 못 할 것도 없어 보이는군요."

지금의 이 인간관계를 설계한 건 그 자신인 주제에 현오준은 터진 입이라고 잘도 지껄이고 있었다. 꼬셨다는 단어를 사용한 것도 불쾌한데, 그 말을 들은 이지희와 구문효가 얼굴을 살짝 붉힌 채 최재철에게 시선을 못 맞추는 것도 묘하게 기분

나빴다.

'지희는 몰라도 네가 왜!'

최재철은 그런 시선을 구문효에게 던졌다.

"뭐, 기왕 모인 김에 다 같이 훈련이나 하죠."

현오준이 화제를 바꾸는 김에 그런 말을 던져왔다. 듣던 중 반가운 이야기였다.

현대 사회에 있어서 일신의 무력이 어느 정도의 가치를 지니는지에 대해서는 다소 회의적인 면도 있지만, 어쨌든 그들이 목적을 이루는 데 있어서 어느 정도 필수 불가결한 면도 있었다. 어쨌든 최후의 최후에는 마지막 수단이 될 테니까.

그리고 그들은 어벤저 스킬이라는 특수 능력을 사용할 수 있는 인재들이고, 다섯 명이나 되는 '집단'의 무력은 개인의 무력보다는 훨씬 의의가 있다.

"그럼 오늘은 드디어 제가 최재철 씨와 대련을 해보게 되는 군요."

현오준이 가슴 뛰는 듯 살짝 상기된 표정으로 말했다. 그러고 보니 이 사람과 직접 주먹을 맞대는 건 TA에 입사할 당시의 실전 면접 이후 처음이었다.

"가능하면 웬디의 차원 세포로 가서 하는 게 효율 자체는 좋겠지만, 장비가 제대로 갖춰지지 않은 지금은 어쩔 수 없군요."

지금 그들이 웬디의 차원 세포가 위치한 틈새 차원으로 갔다간 온몸이 발가벗겨지고 알몸 상태가 되어버릴 것이다. 현대 기술로 만들어진 의복은 틈새 차원이 거부할 테니 말이다.

"뭐, 효율 문제는 나중에 생각하고."

최재철이 현오준의 말을 받았다.

"일단 시작하죠."

최재철의 눈이 빛났다.

*　　　　　*　　　　　*

"에고고, 아야."

현오준이 노인이라도 된 듯 엄살이 잔뜩 묻어나는 신음 소리 내었다.

"저한테 원한이라도 있으신 겁니까? 유독 제게는 거칠게 대하시는 것 같군요."

사실 현오준의 말은 틀렸다. 현오준에게만 유독 거칠게 대한 건 아니니까.

최재철이 현오준에게 한 건 간단했다.

구문효에게 한 걸 똑같이 했다.

다만 구문효는 신체 강화 능력을 제대로 쓰지 못할 때 최재철의 '안마'를 받았지만, 현오준은 이미 완성 단계에 달한 능력에 보너스를 조금 얹어준 것에 불과했다. 그러니 구문효처럼 눈에 띄는 성장이 몇 시간 만에 뚝딱 이루어지지는 않았다.

뭐, 단순히 재능만 놓고 보자면 구문효 쪽이 한층 더 빛나는 것인 탓도 없지는 않았다.

그럼에도 불구하고 현오준은 일방적으로 보였던 이 대련에서 본인이 뭔가를 얻었음을 자각하고 있을 거고, 최재철이 어떤 의도로 움직였는지도 이해하고 있을 터였다. 지금 낑낑대는 건 엄살 비슷한 거였다.

다만 최재철이 '안마'하는 광경을 처음 본 여성들, 그러니까 이지희와 오연화는 압도된 듯 쉽게 입을 열지는 못했다.

'흠, 역시 여자애들을 이렇게 다루지는 못하지.'

최재철은 다소 쓴웃음 섞인 표정으로 여자들을 바라보았다. 어쨌든 어느 사회든 성 역할이란 건 나눠져 있게 마련이고, 그런 면에서 남성과 여성의 취급은 다를 수밖에 없었다. 차별과 구별은 다른 것이고, 어린애와 노인을 젊은 남성 다루듯 할 수 없는 것과 마찬가지였다.

사실상 성별의 구분이 거의 없다시피 한 어벤저들도 그런 일반적인 인식은 똑같이 갖고 있었다. 거칠고 척박한 이계에서도 그랬으니, 성 역할이 더욱 엄격하게 구분된 지구에서는 오죽할까.

그런데 여기에서 의외의 반응이 나왔다.

이지희가 일어났다.

"저도 부탁드립니다, 스승님."

그녀의 눈동자는 도전적으로 빛나고 있었다.

"뭐? 언니, 왜 그래?"

오연화가 놀라 이지희의 손을 잡았다. 이지희는 오연화의 손을 뿌리치거나 하지는 않았다. 하지만 다시 앉으려 들지도 않았다.

"저도 대련을 하고 싶습니다."

"이게 안 아픈 건 아닙니다만, 이지희 씨."

그렇게 말한 건 현오준이었다. 이지희는 고개를 끄덕였다. 그리고 이렇게 말했다.

"저도 더 강해지고 싶습니다."

그녀의 말에 최재철은 약간 놀랐다. 하지만 그것도 잠깐뿐이었다.

"후."

짧게 웃은 그는 이지희를 바라보며 말했다.

"좋아, 덤벼."

이지희가 폭발적으로 움직였다. 쾅, 하고 그녀의 디딤발이 콘크리트 바닥을 깨뜨렸다. 뒤돌려 차기. 그녀의 오른발 뒤꿈치가 최재철의 관자놀이를 노렸다. 최재철은 허리를 뒤로 젖혀 그 일격을 피했다.

우뚝. 최재철의 가슴 위를 스치고 지나가야 할 이지희의 발이 멈췄다. 물리법칙은 아랑곳하지도 않고, 그 발은 그대로 수직으로 떨어져 내렸다.

최재철의 몸을 반으로 가를 것만 같은 기세로 내려쳐진 그 일격은 빗나갔다. 최재철은 뒤로 피하지 않았다. 앞으로 나아갔다. 아름답게 뻗어 오른 이지희의 허벅지 안쪽에 최재철의 펀치가 작렬했다.

"큭!"

이지희의 입에서 신음성이 새어 나왔다. 그리고 그 고통과 펀치의 위력으로 인해 킥의 방향이 바뀌었다. 오른쪽 반신을 무방비 상태로 내어놓은 이지희에게 세 발의 펀치가 추가로 작렬했다. 퍽, 퍽, 퍽! 그 공격에 이지희의 등이, 허리가, 다리가 꺾였다.

"흠."

아플 것이다. 그야 맞았으니까 안 아플 리는 없었다. 큰 부상으로 이어지지 않도록 힘 조절을 한다고 해도, 격투라는 모양새를 취하는 이상 고통은 피할 수 없었다.

인류가 태어난 이후 계속해서 이뤄졌던 갑옷과 무기의 싸움에서는 결국 무기가 이겼다. 어벤저 스킬이라 한들 크게 다르지는 않았다. 아무리 신체 강화 능력으로 신체의 표면을 단단하게 한들, 그 강도에는 한계가 있게 마련이다.

최재철도 차원력을 감아 치는 이상, 맞은 이지희가 아무리 방어를 한다고 해도 아무렇지도 않을 수 있을 리가 없었다.

최재철은 일부러 아직 트롤 고문관의 반지를 사용하지 않았다. 그리고 그 상태에서 그는 이지희에게 물었다.

"계속할래?"

"부탁합니다!"

놀랐다. 이렇게 바로 대답이 나올 거라고는 생각하지 못했기 때문이다.

"내가 아무래도 널 너무 과소평가한 것 같군."

최재철은 말했다.

"좋아, 계속해서 간다!!"

"네!!"

고통으로 미간이 찡그려져 있는 주제에 대답만은 기운이 넘친다.

아, 이 얼마나 아름답단 말인가. 강해지고자 하는 열정. 그리고 배움에 대한 욕구. 스승으로서 이걸 어찌 아름답다 하지 않을 수 있단 말인가.

최재철의 입가에 희열이 맺혔다.

*　　　　*　　　　*

"스승님은 거짓말쟁이에요."

그 말은 이지희의 입에서 나왔다.

"별로 효과 없다고 하시더니."

대련을 마친 후, 이지희의 몸에서는 차원력이 끓어오르고 있었다. 확실히 대련을 하기 전과는 다르다. 오히려 이 대련 한 번으로 인해 이룬 성장이 차원 세포에서 보낸 사흘간보다 더 클 정도였다.

"미안하다, 그래."

최재철은 픽 웃으며 말했다.

"내가 널 과소평가했었던 것 같다. 네가 이 정도 고통을 견딜 수 있을 거라고 생각 못 했지."

"제가 보통 여자애라면 그랬겠죠."

이지희가 이상한 자부심에 가득 차 말했다.

"하지만 전 아이돌이었으니까!"

정말 이상한 자부심이었다.

"아이돌이랑 그거랑 무슨 상관이야?"

"이 정도 고통은 몸매 관리에 비하면 아무것도 아니에요!"

이지희는 단언했다.

"…아……."

최재철은 할 말을 잃었다. 그야 몸매 관리란 걸 해본 적이 없는 그가 뭐라고 할 자격은 없었다. 아무튼 그게 남자한테 쳐맞는 것보다 고통스럽다니, 앞으로도 해보고 싶은 생각이

들질 않았다.

"어쨌든 훌륭했다."

최재철은 바로 화제를 돌렸다. 이 화제를 계속 끌고 가봐야 좋을 게 없었다.

"차원력을 공방에 나누어 쓰는 데 많이 익숙해졌구나. 이제는 신체 강화 능력자라고 해도 손색이 없을 모양새야. 신체 강화를 하다가 뇌전으로 흘리는 현상도 줄어들었고. 제대로 집중하고 있다는 증거지."

"오랜만에 칭찬받으니까 쑥스럽네요."

이지희는 헤실거리며 웃었다. 방금 전까지 죽일 기세로 공격을 해오던 여자애와 동일 인물이라고 생각하기가 힘들 정도로 영 딴판인 모습이다.

"그럼 이제 길드원 모두가 최재철 씨의 '안마'를 받아본 셈이 되는 건가요?"

현오준이 말했다. 틀림없이 알고 한 소리였다. 너무나도 자연스럽게 모두의 시선이 오연화를 향했다. 오연화는 움찔 그 자리에 굳어버렸다.

"아니, 무리할 필요 없어."

최재철이 먼저 말했다.

"이런 건 억지로 하는 게 아니야. 게다가… 차이가 좁혀졌다고는 한들 넌 여전히 이 길드의 최강자야."

최재철의 위로가 섞인 발언에 오연화의 입술이 삐죽 튀어나왔다.

"선생님은 제외하고 말이죠?"

"응? 어… 응. 나야, 뭐, 하하."

거짓말까지 할 생각은 도저히 들지 않아서 최재철은 그냥 고개를 끄덕여 버렸다.

"됐어요, 뭐. 전 제가 잘하는 걸 하도록 할게요. 좀 변명 같긴 하지만 전 아이돌이 아니라 '보통 여자애'니까요."

오연화는 툴툴거리며 말했다. 최재철은 내심 안도의 한숨을 내쉬었다.

아무리 차원력을 꽂아 넣어 개통시키는 것인들, 역시 이지희에게도 주먹을 지르는데 심로가 꽤나 컸다.

그런데 이지희보다도 작고 귀여운 오연화에게 주먹을 휘둘러보라. 동영상으로 찍어놓으면 바로 신고당해서 재판정으로 끌려갈지도 모른다.

최재철, 사형.

'이런 데서 죽을 수는 없지.'

최재철은 픽 웃었다. 망상 치곤 너무 나간 것 같았다.

"뭐, 더 이상 숨길 것도 아니겠지."

"네?"

최재철이 문득 한 혼잣말에 오연화가 고개를 갸웃거렸다.

그 표정은 매우 귀여웠지만, 그럼에도 불구하고 최재철은 일단 내뱉은 말을 주워 담으리라고는 생각하지 않았다.

"연화야, 염동력 특훈을 하도록 하자."

이거라면 동영상으로 찍어봐도 신고는 당하지 않을 터였다.

"염동력 특훈이요?"

"그래."

놀란 토끼 눈을 뜬 오연화에게 최재철은 고개를 끄덕여 주었다.

"네가 방금 말했잖아? 네가 잘하는 걸 열심히 하겠다고."

"열심히 하겠다곤 안 했는데요."

확실히 오연화는 '열심히'라는 수식어는 붙인 적이 없었다.

"아니, 그보다 염동력 특훈이라니……. 선생님, 염동력 사용하실 수 있는 거예요? 아니면……."

"내가 모르는 걸 가르치겠니?"

"그럼… 설마……!"

오연화의 말이 끝까지 이어지기도 전에, 최재철은 주먹에서 100원짜리 동전을 꺼내서 허공에 휙 던졌다. 다섯 개였다. 그 다섯 개의 동전이 최재철의 염동력으로 허공에서 춤추고 있었다. 이 자리에 있던 모든 이가 놀란 채 그 광경을 홀린 듯 바라보고 있었다.

"절 속이셨어요!"

오연화는 분통을 터뜨렸다.

"정확히는 숨겼지. 절단 능력에 신체 강화 능력, 염동력까지 사용할 수 있는 신입 사원은 너무 수상하지 않니?"

"그래도 그렇지!"

계속해서 화를 내는 오연화에게 최재철은 넌지시 물었다.

"그럼 나한테 안 배울래?"

"배울래요!"

열망이 가득 찬 눈동자로 오연화는 외쳤다.

"좋아. 끝났을 때 동전이 더 많은 쪽이 승리!"

최재철은 오연화 쪽으로 다섯 개의 동전을 던졌다.

"앗!"

오연화는 놀랐지만 즉각 반응했다. 괜찮은 반응이었다.

오연화는 자신이 활용할 수 있는 다섯 개의 집중점을 활용해 동전들을 모두 자기 쪽으로 끌어당겼다. 그러나 그게 그녀 마음대로 되지는 않았다. 최재철도 집중점을 던져 염동력으로 동전을 붙잡았기 때문이었다.

동전 다섯 개가 모두 허공에 딱 멈췄다.

"염동력 줄다리기. 염동력 능력자들 사이에서는 유명한 수련법이지! 염동력자가 두 명 이상 있어야 한다는 게 사소한 단점이지만, 능력 개발에는 특효약이야!!"

"으이익!"

마음 편하게 설명을 하는 최재철과 달리, 오연화의 이마에는 핏줄이 돋았다. 집중하고 있는 것이다.

지금 최재철은 다섯 개의 동전을 향해 똑같은 염동력을 작용시키고 있다. 그러므로 오연화가 다섯 개의 집중점에 균일한 집중을 하지 않는다면 동전 중 몇 개는 잃고 말 것이다.

팅!

그리고 그 일이 일어났다. 집중점이 다섯 개로 불어난 지 얼마 안 된 오연화. 원래 갖고 있던 집중점과 새로 불어난 집중점 사이에는 숙련도의 차이가 날 수 밖에 없었다.

두 개의 동전이 최재철의 손아귀로 돌아왔다.

"이이이익!!"

여기에서 오연화는 의외의 선택을 했다. 놓쳐 버린 동전에 집중점을 낭비하는 대신, 아직 놓치지 않은 동전에 집중력을 더한 것이다. 선택과 집중. 나쁘지 않은 판단이었다.

"좋은 판단이로구나, 연화야, 훌륭해!!"

문제는 최재철도 같은 걸 할 수 있다는 점이었다. 오연화가 집중점을 두 개 할당한 동전에 최재철도 똑같이 두 개의 집중점을 할당해 다시 균형이 유지시켰다.

"저기, 지금 무슨 일이 일어나고 있는 거예요?"

멍한 표정으로 구문효가 현오준에게 물었다.

"염동력 대결입니다."

"네? 하지만……."

"네, 저분도 다중 능력자란 의미죠."

현오준은 예상을 했었던 것 같다.

이전 세계의 최재철이 어떤 능력까지 공개했는지는 모르지만, 다중 능력자 정도가 아니라면 크게 두각을 드러내기 힘들었을 테니 어느 정도는 능력을 보였을 테고 현오준이 그걸 알고 있었더라면 이번 세계의 최재철의 능력도 적어도 단일 능력은 아니란 걸 예상은 할 수 있었으리라.

하지만 구문효는 정말 큰 충격을 받았는지 입을 뻐끔거리고 있었다. 금붕어처럼.

"뭐, 스승님이니까. 염동력 정도는 사용하실 수도 있죠."

그 와중에 이지희는 별로 당황하지도 않고 그런 소릴 하고 있었다.

"으아아아아아!"

"잘하고 있어, 연화야. 잘하고 있어……."

염동력 대결은 아직 이어지고 있었다.

*　　　　*　　　　*

"어쨌든 스승님이 거짓말쟁이라는 건 잘 알았어요."

오연화와의 염동력 대결을 마치자마자 이지희가 최재철에

게 말했다.

"그럼 이제부터 저희에게 염동력을 가르쳐 주실 건가요?"

그 눈동자는 기대와 열망으로 가득 차 반짝거리고 있었다. 분노나 배신감 같은 건 전혀 엿보이지 않는다. 최재철이 다중 능력자임을 숨긴 건 전혀 문제가 안 된다는 태도다.

그런 그녀에게 최재철은 이런 대답을 들려주는 걸 매우 유감스럽게 여겨야 했다.

"염동력은 신체 강화 능력과는 달리 고유 능력이라서 아무나 배울 수 없어. 첫 각성 때 염동력 계열의 파워를 얻어야 배울 수 있지."

보통은.

최재철은 그 단어를 입 밖에 내지 않았다. 그런 걸 덧붙였다간 보통이 아닌 방법으로 가르쳐 달라고 할 게 뻔했으니까.

"하지만 네 고유 능력인 뇌전 능력으로 염동력 비슷하게 따라할 수는 있지."

최재철은 허공에 쇳조각 몇 개를 던진 후, 그걸 자력으로 끌어당겨 다시 손아귀 위로 되돌리는 묘기를 보여주었다. 그걸 본 이지희의 눈동자가 반짝거렸다.

"잠깐만요, 선생님! 뇌전 능력도 고유 능력 아닌가요?"

오연화가 손을 번쩍 들고 질문했다. 학생에게 질문을 들은 이상, 선생으로서 대답하지 않을 수가 없었다.

"맞아."

"그런데 선생님은 어떻게 뇌전 능력을 사용하실 수 있는 건가요?"

"그게 내 고유 능력이라서 그래."

거짓말은 아니었다. 완전한 진실인 것도 아니었지만 말이다.

"다양한 고유 능력을 습득할 수 있다……. 즉, 선생님은 천재인 건가요?"

"천재라는 단어가 하늘이 내린 재능이라는 뜻이지? 그렇다면 천재는 너지, 연화야."

갑작스러운 칭찬에 오연화의 뺨이 붉게 물들었다.

"아니, 그건 질문에 대한 답이 아니잖아요!"

뒤늦게 깨닫고 그렇게 항의하긴 했지만 말이다.

"그런 건 아무래도 좋아요."

반짝이는 눈동자의 이지희가 오연화와 최재철의 사이에 끼어들어 말했다.

"얼른 가르쳐 주세요. 방금 보여주신 거!"

"지희는 욕심쟁이구나."

최재철은 껄껄 웃었다.

*　　　*　　　*

오늘의 훈련을 모두 소화한 이지희와 오연화는 돌려보냈다. 둘 다 조금 더 훈련을 하고 싶어 하는 눈치였지만, 차원력을 지나치게 낭비하면 안 된다는 말에 결국 수긍했다.

구문효는 그 두 사람을 집까지 데려다주고 도로 길드 사무실로 복귀했다. 심각한 얼굴이었다. 그는 아직 훈련을 받지 않은 상태였다.

"지금부터는 남자의 시간이로군요."

현오준이 말했다. 그 말에 구문효가 움찔 놀랐다. 뭔가 다른 의미로 받아들인 모양이었다.

"이제 두 분이서 절⋯ 절 어쩌실 셈이죠?!"

뭔가 오해하고 있는 게 분명해 보였다. 최재철은 우선 그의 오해를 풀어줘야겠다고 생각했다.

"별거 아니야. 그저 이야기를 좀 해볼까 해서. ⋯제정신으로 말이야."

"제정신이라뇨? 전 항상 제정신인데⋯⋯."

"아니, 넌 항상 취해 있었지."

최재철은 딱 잘라 말했다.

"여동생에 대한 이야기를 할 때는 말이야."

구문효의 얼굴이 파랗게 질렸다.

"반대로 말하자면 취해 있을 때는 여동생 이야기밖에 안 하지만요."

현오준이 한 마디 거들었다.

"당신하고 술을 같이 마시는 입장이라도 되어보십시오, 구문효 씨."

"그건 죄송합니다. 죄송합니다만……."

구문효의 목소리가 드물게도 냉기를 띠었다. 명백한 거절의 의사였다.

"복수하고 싶다고 생각하지 않나?"

그렇기에 최재철은 본론으로 바로 들어갔다. 구문효는 그 질문에 바로 대답하지 못했다.

"원래대로라면 피해자 본인이 가해자에게 복수를 하는 것이 가장 이상적이겠지. 하지만 그 피해자가 무참히 살해당해 이미 이 세상에 없고, 그 가해자는 편히 살아가고 있다면 어때?"

그 꼴을 그냥 두고 못 보는 사람은 틀림없이 있다.

고개를 숙여 땅을 바라본 채 한참을 있던 구문효는 겨우 고개를 들어 올린 후에도 한동안이나 최재철을 응시했다.

"누구에게 말입니까?"

"넌 모르는 게 너무 많아."

그건 질문에 대한 답이 아니었다. 그러므로 구문효는 답이 나오기까지 이야기를 계속 들어야 했다.

다소 비겁한 방식이지만, 여기선 쓸 수밖에 없었다. 왜냐하면 실제로 구문효가 모르는 게 너무 많았기 때문이었다.

"내가 어벤저가 된 계기는 궁지에 몰려 계약마와 계약해 버렸기 때문이야."

최재철 본인, 그러니까 김인수가 아닌 진짜 최재철은 그 계약으로 인해 어보미네이션이 되어버리고 말았다.

"저도 마찬가지입니다. 계약마와 계약했죠."

현오준이 한 마디 보탰다. 그는 이번이 두 번째라서 제대로 계약할 수 있었다.

"이 계약마란 놈들은 차원 균열에서 기어 나오는 놈들인데, 사실 본질적으로는 어보미네이션과 별로 다르지가 않아. 아니, 어보미네이션의 씨앗이라고도 볼 수 있겠군."

구문효는 아직도 최재철이 무슨 말을 하려고 하는지 제대로 이해하고 있는 표정은 아니었다. 그러므로 최재철은 계속해서 말했다.

"만약 내가 계약을 잘못했더라면 나도 어보미네이션 한 마리가 되어 이성을 잃고 지구의 생명체들을 학살하고 있었겠지. 아니, 내가 학살당했을 가능성이 더 컸으려나."

"…무슨 말씀을 하고 계신 겁니까?"

구문효의 입이 그제야 열렸다.

"너도 한두 번쯤은 들어본 적이 있을 테지. 인터넷상에서 떠돌아다니는 음모론에 대해서 말이야. 사실 그 음모론들 중에서는 사실인 게 더 적어. 99%가 진실이 아니라고 해도 과언이 아니지."

"그야 저도 들어본 적은 있습니다. 사람이… 어보미네이션
이 되었다는 이야기를."

구문효는 스스로의 입에서 그 말이 나왔다는 것이 두렵기
라도 한 듯 부르르 떨었다.

"하지만 그런 걸 어떻게 믿습니까? 증거도 없는데……."

그렇다. 증거는 없다. WF가 모두 폐기했다.

"증인들은 넘쳐나지."

하지만 증인은 많다. 목격자는 많다. 지금도 인터넷이나 헌
터 네트워크에 드문드문 목격담이 올라올 정도로.

"그 증인들을 어떻게 믿습니까?"

그러나 그 증인들이 거짓증언을 했을 가능성은 적지 않다.
단순히 '그랬으면 좋겠다'는 치기 어린 생각으로 괴담을 풀어
놓듯 이야기를 하는 이가 생각보다 많다. 실제 목격자보다 더
많을 것이다. 그것이 진짜 증인들의 증언마저도 거짓말인 것
처럼 들리게 만든다.

그러므로 필요한 건 '믿을 만한' 증인이었다.

"내가 증인이라면 믿겠어?"

그래서 최재철이 내세운 건 바로 그 자신이었다.

최재철은 구문효의 사부다. 구문효 본인이 스스로 본인이
사부라 인정한 인물이다. 그런 사람이 자신을 믿으라고 한다.

구문효의 입이 닫혔다. 바로 고개를 끄덕이지는 못했다.

다시 고개를 들었을 때, 구문효의 눈에는 눈물이 그렁거리고 있었다.

"그럼… 그럼, 연화는… 제 여동생은……."

"그거야 모르지."

구문효가 감히 입 밖에 내지 못한 말을 최재철은 싹둑 잘랐다.

어쩌면 구문효는 이미 어느 정도 깨닫고 있었을지도 모른다. 그의 여동생이 어떤 최후를 맞이했는지에 대해. 아무리 증거를 철저히 폐기하더라도 정황 증거라는 건 남게 마련이다.

예를 들어 사건 현장에 남은 육편과 혈흔 중에 여동생의 DNA만 검출되지 않았다든가. 그녀가 남긴 소지품 주변에 거대한 육식동물의 것으로 보이는 발톱 자국이 남았다든가.

그런 아주 사소한 정황 증거로 진실을 깨닫는 사람이 있을지도 모른다. 그리고 그 사람이 구문효일 가능성도 있긴 있었다.

그러나 그 끔찍한 진실은 구문효의 입장에서는 도저히 인정할 수 없는 것이었으리라.

모든 정황 증거가 맞아들어 단 하나의 진실을 가리키고 있다 한들, 그 참혹한 명제를 참이라고 인정하기에는 인간은 너무나도 무른 존재이다.

그렇기에 구문효는 여동생의 이야기를 하기 위해 술을 필요로 하는 것이리라.

진실이란 그렇게도 폭력적이다. 술이 없으면 무시할 수 없을 정도로, 그것은 압도적인 설득력으로 사람을 압박한다.

하지만 최재철은 고개를 저었다.

"지금 중요한 건 그게 아니야, 문효야."

구문효의 여동생, 연화가 같은 이름을 가진 그 구연화가 어보미네이션으로 변해 주변의 동급생들을 참살하고 포식했다는 이야기는 지금 중요한 게 아니다.

그런 건 결코 중요한 일의 축에 들 수 없다.

"네? 그게 중요하지 않다면 대체 뭐가……."

"잘 들어. 난 네게 이렇게 물었어."

복수하고 싶다고 생각하지는 않나?

"…그게……."

"그래, 피해자가 있다면 가해자도 있다는 뜻이야."

구연화가 가해자인가?

그렇지 않다. 결코 그렇지 않을 것이다.

애초에 계약마란 놈들은 궁지에 빠진 존재에게만 말을 걸게 되어 있다. 가해자가 궁지에 몰린다는 이야기는 생각보다 많지만, 현실에서는 그리 쉽게 일어나는 일은 아니다. 여기서 그 가능성을 따지는 것만큼 무의미한 일은 없다.

그렇다. 구연화는 피해자일 가능성이 훨씬 높았다.

계약마에 의해 이성을 빼앗기고 존재를 파괴당한 상태에서 그녀는 피해자인 채로 끝났다. 그 뒤에 일어난 일은 계약마가 변이한 어보미네이션이 한 일이다.

적어도 그 어떤 확률을 따져도 구연화가 가해자일 수는 없었다.

"차원 균열이 없었던 때의 지구에는 계약마란 놈들도 없었어. 그러나 지금은 차원 균열도 계약마도 존재하지."

"그건 자연재해 같은 겁니다."

구문효는 최재철의 시선을 피하며 말했다.

"그래, 차원 균열은 자연재해 같은 거지."

최재철은 부정하지 않았다.

"하지만 차원 균열을 인위적으로 열고 다니는 놈들이 있다면? 그래도 그게 자연재해일까?"

구문효의 눈동자가 흔들렸다.

"그런… 그런 게……."

지나친 충격으로 제정신을 차리고 있기 힘든지 구문효는 그 자리에서 비틀거렸다.

"저… 제게 왜 이런 걸 알려주시는 겁니까? 절 이용하시겠다면 이용당해 드리겠습니다. 사부님의 명령이라면 뭐든지 들을 겁니다. 그러니까… 이제 제발, 그만……."

"안 돼."

울먹거리는 구문효의 말을 최재철은 차갑게 잘라내었다.

"생각하는 걸 포기하지 마. 난 널 일개 병사로 대할 생각이 없어. 넌 내 제자다. 사랑스럽고 사랑스러운 제자지. 그런 제자를 나더러 버리는 패로 쓰라고? 넌 날 뭐라고 생각하는 거냐. 네가 지금 한 말은 네 스승에 대한 모욕이야."

"하지만! 저는……!!"

"다시 한 번 묻겠다, 구문효."

복수하고 싶다고 생각하지는 않나?

그 질문에 대한 대답을 구문효는 여전히 하지 못했다. 그 자리에 주저앉은 채, 울먹거리고 있을 뿐이었다. 그런 제자의 추태를 최재철은 한숨을 내쉬며 바라보다가 문득 외쳤다.

"들어와라!"

몇 초간의 정적 끝에 뻘쭘한 표정으로 두 여자가 사무실로 돌아왔다. 아니, 뻘쭘한 표정을 지은 건 이지희뿐이었다. 오연화는 당당했다.

"훔쳐 듣고 있던 건 아니에요. 선생님은 저희가 여기 있다는 걸 알고 계셨으니, 저희는 숨어 있는 것도 아니고 훔쳐 듣고 있는 것도 아닌 셈이 되죠!"

물론 최재철은 이 둘이 몰래 다시 돌아와 사무실 문에다 귀를 딱 붙이고 이야기를 듣고 있던 걸 이 둘의 어벤저 오라를 보고 알아채고 있었다. 그래서 오연화의 말은 맞는 말이긴 했지만 왠지 좀 짜증났다.

"어디까지 들었지?"

"다 아시잖아요?"

"물론 알고 있지."

후, 하고 최재철은 한숨을 내쉬었다. 답은 물론 거의 처음부터다.

사실은 한 사람씩 압박 면접을 할 생각이었지만 이래서야 계획이 흐트러졌다.

최재철은 오연화에게 말했다.

"그렇다면 말해봐라, 연화야. 이 지구에 차원 균열을 열고 다니는 세력이 있나?"

"그야, 있어요."

오연화의 목소리에서 웃음기가 싹 빠졌다. 이 대화에서 그녀는 더 이상 부외자일 수가 없었다. 이 이야기는 그녀와도 관련이 있는 이야기니까.

"차원 진동기라고 했나요? 그 기계로 인해서 차원 균열이 열리고 어보미네이션이 기어 나오는 걸 직접 목격했죠."

"사저······."

멍한 눈초리로 구문효는 오연화를 응시했다.

"그리고 그 차원 균열에서도 계약마가 기어 나왔겠죠."

평소 같은 부부 싸움이 참사로 이어지고, 소녀가 고아로 바뀐 그날의 일.

아마도 오연화는 평생 그날의 꿈을 꿀 것이다.

"사람이 어보미네이션으로 바뀐다는 걸 못 믿겠다고요? 전 그걸 직접 봤어요. 아빠가, 엄마가 괴물로 변해가는 걸……. 하지만 아무도 믿지 않았죠. 아무도 믿어주지 않았어요. 선생님을 만나기 전까지는… 전 제가 머리가 이상해진 줄 알았어요."

너무 큰 충격을 받아 이상한 꿈을 꿨다. 그렇게 생각할 수도 있었다. 하지만 그 큰 충격을 받은 일은 무엇인가, 그 질문에 대한 대답은 '부모님이 괴물로 변모하는 걸 봤다'였다. 결국 오연화는 자신을 속이는 데 실패했다.

구문효와는 달리.

"연화야……."

이지희가 충격을 받은 듯 그 자리에 못 박힌 것처럼 선 채, 오연화의 이름을 불렀다.

"그래요, 선생님의 이야기를 듣고 전 모든 이야기의 아귀가 맞아드는 걸 깨달았어요. 왜 지금까지 깨닫지 못했는지 이상하게 생각될 정도죠."

오연화는 이지희의 부름에 대답하지 못했다. 그녀의 말투에서는 열기가 묻어나기 시작했다.

"전 S급 어벤저가 되어 커다란 집에서 살게 되었죠. 집에서 게임이나 하면서 노닥거려도 평생 가도 못 쓸 돈이 통장에 차곡차곡 쌓이죠."

평범한 사람에게는 부러운 상황일 것이다. 아니, 평범한 어벤저들에게도 부러운 상황일 것이다. S급 어벤저만의 특권을 누리고 싶어 하는 이는 아주 많다.

"하지만 그게 무슨 의미가 있죠? 아무런 의미도 없어요!"

하지만 정작 그 S급 어벤저가 이렇게 말하고 있었다.

배부른 소리로 들릴 수도 있었다. 다음 달 낼 집세가 없어 쫓겨나는 이가 세상에는 많다. 오연화가 그걸 모를까? 알고 있을 것이다. 그럼에도 불구하고 이 소녀는 계속해서 말했다.

"어벤저가 되는 게 좋았냐, 아니면 부모님 슬하에서 평범한 소녀로 자라느냐에 대해 묻는다면 전 한 치의 망설임도 없이 대답할 거예요! 전 그냥 평범한 게 좋아요!!"

그녀의 눈꼬리에는 이미 눈물이 맺혀 있었다. 이제는 이룰 수 없는 소원에 대해 소녀는 말하고 있었다. 외치고 있었다.

"제게 질문해 주세요, 선생님. 복수하고 싶냐고요?"

최재철은 입을 열지 않았다. 오연화도 그의 질문을 굳이 기다리지 않았다.

"네! 전 복수하고 싶어요!! 제 인생을 송두리째 앗아간 그들의 인생을, 이번에는 제가 빼앗아주고 싶어요!!"

듣고 있던 이지희는 그녀의 열변에 압도당해 그 자리에 굳어 있었다.

그러나 구문효는 달랐다.

픽 웃었다.

그리고 그는 이렇게 말했다.

"…연화가 그렇게 말한다면 나도 복수해야지."

"난 댁 동생이 아니거든요?! 사저라고 불러요! 높임말 쓰고!!"

"예, 사저."

구문효는 그녀의 말에 순순히 따랐다. 오연화는 그가 대단히 마음에 들지 않는 듯 흥, 하고 콧방귀를 뀌고 그에게서 등을 돌렸다.

어째서 이 둘이 그렇게 사이가 안 좋았는지, 아니, 오연화가 구문효를 일방적으로 싫어하는지 최재철은 이해했다. 오연화는 구연화의 존재를 알고 있었고, 구문효가 자신에게서 여동생을 겹쳐 보고 있다는 것 또한 알고 있었다.

자신을 다른 누군가와 겹쳐 보는 건 그 상대가 누구라도 싫은 법이다.

"그런데… 그 차원 균열을 열고 다니는 세력이란 건 누군가요?"

다소 풀린 분위기에 힘입어, 그동안 조용히 있었던 이지희가 그제야 입을 열었다.

"에스파다 도 오르덴에 대한 뉴스는 봤어?"

최재철은 질문과는 관계없어 보이는 말을 했다. 질문을 질문으로 되돌리기까지 했으니, 토론을 좋아하는 사람이라면 최재철을 비난하고도 남을 것이다. 하지만 이지희는 그런 타입의 인간은 아니었던지 순순히 대답했다.

"네. 차원 질서를 지키기 위해 차원 균열을 닫고 다닌다는 그……."

뒤에 이어질 말이 사실은 에스파다 도 오르덴 본인인 최재철의 입장에서는 궁금했지만 굳이 따져 묻지는 않았다.

"WF의 차원 균열이 에스파다 도 오르덴에 의해 많이 닫혔지. 아마 10개는 넘게 닫혔을 거야. 기사로만 뜬 게 이 정도니."

"그전에 닫힌 차원 균열도 그 철 가면이 닫은 거라면 그렇게 됐겠죠."

이지희는 고개를 끄덕였다. 사실 그 철 가면이 닫은 게 맞았지만 최재철은 굳이 밝히지 않았다. 그게 지금 중요한 게 아니니까.

"이로 인해 WF가 본 손해가 5조 원은 넘어. 그런데 WF는 망하지 않았지. 왜일까?"

"그야 새로운 차원 균열을 발견해서 매입, 확보했기 때문이죠."

그 되물음에 이지희는 망설임 없이 대답했다. 쉽게 대답할 수 있는 문제였다. 최근 뉴스로도 나온 답이니까. 하지만 이 질문은 어떨까?

"그럼 그 새로운 차원 균열은 어디서 나온 걸까?"

그 질문에 대한 대답만큼은 바로 나오지 않았다. 대신 이지희의 입에서 아, 하는 탄성이 터졌다.

아예 상관없었던 것 같았던 WF의 이야기가 지금까지 그들이 하던 이야기와 맞물리는 순간이었다.

"깨달은 모양이로군. 그래, 사실 새로운 차원 균열을 확보하는 건 꽤 어렵지. 발견되는 즉시 기본적으로는 국가 귀속이 되니까. 기업이 차원 균열을 확보하기 위해서는 기업 소속의 인간이 직접 차원 균열을 찾을 필요가 있어. 쉽지 않은 일이지."

WF 소속의 인간이 한국 전체를 구석구석 감시라도 하지 않는 이상, 다른 사람보다 먼저 차원 균열을 찾는 것은 어렵다. TA라는 라이벌도 있는 데다, 국가의 군인들이 국토 곳곳을 방위하면서 일상적으로나마 수색 작전을 동원하고 있으니까.

이게 쉬운 일이라면 TA가 거액을 주고 WF의 차원 균열을 사들이는 일도 일어나지 않았으리라. 자신들이 찾다 확보하면 되는데 무엇 때문에 라이벌 회사에 거액을 주면서까지 사들이겠는가?

더군다나 애초에 차원 균열은 그렇게 자주 열리는 게 아니다. 한 달에 하나씩만 열려도 그 뒷수습에 국가가 휘청거릴 터이다.

그런데 불과 나흘도 안 되는 새 10개나 되는 차원 균열이 새로 열렸다?

누가 봐도 이상한 속도였다. 전문가들은 이변이라며 헌터 네트워크에서 떠들고 있지만, 찻잔 속의 태풍이었다.

하지만 언론은 그 전문가들의 의견을 대중에게 전달하지 않았다. 언론이 조용했기에 대중적인 여론은 형성되지 않았다. 언론이야 언제나 그렇듯 WF의 개가 되어 'WF가 새 차원 균열 10개를 확보했어요! 이건 정말 대단한 일입니다!'라고 떠들고 있을 뿐이었다.

"그런데 이게 WF에게 있어서는 간단해. 차원 균열을 자기들이 연다. 그리고 차원 균열을 찾았다고 신고해 버리면 되는 문제야. 그럼 그 차원 균열은 WF의 것이 되지."

"……."

너무나도 큰 충격을 받은 건지, 이지희는 그 자리에서 뭐라고 말도 못 하고 입만 뻐끔거리고 있었다.

"아, 물론 증거는 없어. 하지만 증인이라면 있지."

"증인이요?"

"그래, 증인."

최재철은 품속에서 무언가를 꺼냈다. 그걸 본 사람들은 모두 놀랐다.

오연화도, 이지희도, 구문효도, 이번이 두 번째라던 현오준

마저도.

지난 세계의 난 이게 아니었나 보지? 아니면 현오준에게 알리지 않았든가.

최재철은 그런 생각을 했지만 말하지는 않았다.

그가 지금 해야 할 말은 그게 아니었으니까.

"이 에스파다 도 오르덴이 그 증인이야."

철 가면을 쓴 그가 에스파다 도 오르덴의 목소리로 해야 할 말은 바로 그것이었다.

*   *   *

유곽희는 적과 대면하고 있었다. 내면에서부터 끓어오르는 적의를 드러내지 않기 위해 무진 애를 쓰며, 그녀는 미소를 지었다.

진가엽.

진가충의 형이자 진씨 가문의 장남.

실제 나이는 이미 환갑을 넘겼음에도, 40대 후반이라고 해도 믿지 않을 정도로 젊어 보인다. 그 눈빛에는 정력적인 활기가 꿈틀거리는 것처럼 보인다.

그의 나이에 걸맞지 않은 외모는 WF 생명 공학의 홍보용 간판이라고 해도 과언이 아니다. 어보미네이션에서 얻어낸 지식을 바탕으로 새롭게 발전을 이룩한 WF의 과학기술은 '차원 기술'이라는 웃기는 명칭으로 일컬어지고 있다.

차원 기술. 명칭이야 웃기지만 실제로 환갑을 넘긴 노인인 진가염이 허리를 꼿꼿하게 세우고 소매를 걷어 단단한 근육질의 팔을 보이는 장면이 언론에 의해 비춰질 때마다 WF의 주가는 오른다.

젊음에 대한 인류의 갈망은 그리도 애달픈 것이다.

"요즘 좀 나대는 것 같군."

진가염이 말했다. 다소 '저렴'한 표현을 사용했지만, 그건 상대가 유곽희이기 때문이다. 진가염은 대외적으로는 그런 말투를 전혀 사용하지 않는다. 상류층이자 귀족을 연기하고 있기 때문이다.

"별… 말씀을."

유곽희의 등을 타고 식은땀이 흘렀다.

솔직하게 말하자면 유곽희는 이 남자가 두려웠다. 이 남자에 비하자면 진가충은 벌레 정도에 지나지 않았다.

"네 딸이 죽은 것에 대해 원망이라도 품고 있는 건가?"

그렇다. 그녀의 진짜 딸, 그녀의 배로 낳은 진남은 죽었다.

이 남자가 죽였다.

그리고 진남이 죽은 사실은 이 남자와 유곽희 말고는 거의 아는 사람이 없었다.

"제 딸은 죽은 적이 없습니다만."

그러나 유곽희는 조금의 지체도 없이 즉시 대답했다.

"하."

진가염은 짧게 웃었다. 비웃음이었다.

"비굴하고 멍청한 여자야. 그 아이는 네가 저지른 짓을 덮기 위해 사용했어. 그건 널 위한 거였어."

그러면서 부드럽고 조용한, 달콤한 말투로 어린아이라도 타이르듯 말했다.

유곽희의 딸을 '사용'했다고 말이다.

유곽희는 위장에서부터 역류해 올라오려는 구역질을 참느라 고역을 치러야 했다.

"물론 그 일에 대해 네 동의를 얻지 못한 것에 대해서는 안타깝게 생각해. 하지만 상황이 급박했으니 어쩔 수 없었잖아?"

진가염은 정말로 안타까운 듯 말했다. 하지만 그가 정말로 안타까움을 느껴서 저러는 걸까?

아니, 그렇지 않다. 진가염은 유곽희를 '처벌'하기 위해 일부러 그런 거다. 자신의 행동으로 인해 어떤 결과가 빚어졌는지, 한번 느껴보라고 저지른 짓이다.

처음 진가염이 그 사실을 유곽희에게 밝혔을 때, 진가염은 지극히 흥미로운 시선으로 유곽희의 표정을 관찰했다. 그때의 시선을 유곽희는 아직도 잊지 못하고 있었다.

"만약 네가 저지른 짓을 아버지가 알았다면 넌 지금쯤 차원 균열 너머에 던져져 있을 거다. 넌 나한테 고마워해야 해."

"감사합니다."

진가염의 자화자찬은 아직까지도 이어지고 있었다. 유곽희는 지체 없이 대답했다.

"그래. 예의가 바르군."

진가염은 짧게 웃었다.

"잘 가르친 보람이 있어."

그 말을 들은 유곽희의 몸이 자동적으로 덜덜 떨리기 시작했다. 그것은 통제할 수 없는 두려움이었다.

"응? 하하, 네 몸이 여전히 내 가르침을 잘 기억하고 있는 모양이로군."

유곽희의 두려움은 진가염에게 유쾌함을 느끼게 한다. 그 두 눈동자가 가학심에 물드는 것을 유곽희는 감히 고개를 들어 확인할 수 없었다. 그럼에도 불구하고 두려움을 억누를 수는 없었다. 적개심은 억누를 수 있어도, 두려움은…….

"이번 일은 조용히 넘어가 주지. 아무도 널 비난하지 않을 거야. 적어도 이번 일로는 말이야. 하지만……."

진가염은 유곽희의 턱을 손으로 들어 올렸다.

"아주 가벼운, 즐길 만한 체벌을 네게 가하도록 하지."

*　　　　*　　　　*

　진가염에게 대를 이을 만한 자식이 없는 이유는 대단히 간
단하다.

　모두 죽었기 때문이다.

　자식들이? 아니다.

　그의 처들이.

　지금까지 진가염과 결혼한 10명의 여인 중, 살아남은 여인
은 단 한 명도 없다. 진가염과의 결혼식에서 행복한 미소를
지은 여성들은 모두 죽었다.

　세상에 그런 불행이 있을까 싶을 정도로 진가염과 결혼한
여인들은 하나같이 비참한 사고에 휘말려 한 많은 인생을 마
감해야 했다. 그리고 그 뱃속에는 진가염과의 사이에서 잉태
된, 태어나지 못한 아이가 있었기에 사건의 참혹함을 한층 더
끌어 올린다.

　실로 안타까운 일이며 진가염에게 위로의 말을 아낄 수 없는
일이다. 실제로 진가염과 친분이 있는 이들은 지금까지 10번에
걸친 장례식에 참여하여 그를 위로해 왔다.

　진실은 어떨까?

　당연하지만 10번이나 연속해서 한 사람의 배우자만이 집요

할 정도로 사고에 휘말려 사망하는 일은 세상에는 없다. 아니, 세상은 넓고 사람은 많으니 그런 예가 있을지도 모르지만, 적어도 진가염의 경우는 아니다.

진실은 단 두 단어로 요약할 수 있다.

진가염이 죽었다.

희생양들의 사인인 사고사는 위장된 것에 불과하며, 사건을 맡은 경찰들은 사건에 깊이 파고들고 싶어 하지 않았다.

한 번쯤은 정의감에 불타는 형사가 진실을 알릴 가능성이 있지 않겠냐고?

그럴 일은 없다.

왜냐하면 진가염에게는 그와 얽힌 사건을 전담하는 경찰이 따로 붙어 있으니까.

그 경찰은 진씨 일가에 의해 완전히 포섭당한 상태다. 지금의 풍족한 생활과 보장된 밝은 미래는 그의 마음을 완전히 녹여 버렸다. 더군다나 그의 아내와 자식들은 WF의 후원 프로그램으로 외국 유학을 떠나 있었다.

WF는 그 경찰에게 네가 배신하면 네 가족들이 어떻게 될지 상상해 보라고 단 한 번도 말한 적이 없다.

멋대로 상상할 테니까.

그리고 경찰 상층부는 그 경찰이 포섭당한 사실을 눈감아 주고 있었다.

그 상층부조차 어디까지 포섭당해 있을지 그 경찰은 모를 것이다.

이런 상황에서 진가염의 '진실'이 밝혀질 일은 영원히 없을 터였다.

"아니, 고의는 아니야."

진가염은 말한다.

"사고 같은 거지. 그러니까 그건 사고사가 맞아."

웃으면서 말한다.

"겨우 10분 정도 목을 졸랐다고 죽을 줄이야. 미처 예상 못 했지."

황홀하게 웃으면서.

"내 애를 뱃속에 품고 있다고 생각하니 사랑스러워서 견딜 수가 없었지 뭐야. 그래서 자제하지 못하고 그만 저질러 버리고 말았지. 참 불행한 사고였어."

지금 당장 30분째 유곽희의 목을 노끈으로 조른 채 말이다.

"그건 그렇고, 역시 넌 목을 졸릴 때 짓는 표정이 가장 아름다워."

진가염은 찬사를 아끼지 않았다.

아마도 지금까지 그가 죽여 온 10명의 부인 또한 모두 한 번쯤은 들었을 말일 터였다. 어쩌면 훨씬 더 많은 여성이 들었을지도 모른다. 결혼한 게 10번일 뿐, 사귀거나 외도를 했을 여인은 더 많았을 테니 말이다.

그중에 몇 명이 죽었을지 유곽희는 생각하지 않았다.

필사적으로 어벤저 스킬을 활용해 살아남는 것만 생각해도 모자랄 상황이니까.

27장

전생

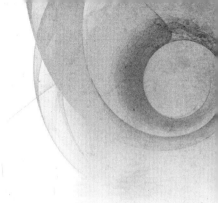

　이지희와 오연화는 집으로 돌아갔다. 구문효도 마찬가지다. 그는 자신의 사저들을 집까지 바래다주고, 그 본인도 자택으로 향했다.

　오연화와 이지희는 몇 시간 전처럼 몰래 돌아와 사무실 문에다 귀를 대고 있지 않았다. 오연화가 본인의 입으로 말했듯, 최재철은 그들의 접근을 사전에 인지할 수 있었다.

　그리고 최재철이 인지하는 한, 지금 그들은 여기에 없었다. 이 사무실에는 현오준과 최재철, 단둘뿐이다.

　"폐하, 이지희 씨에 대해서 어떻게 생각하십니까?"

최재철에게 그렇게 물은 건 현오준이었다. 한데 그의 말에서 신경 거슬리는 것이 있었다.

"폐하는 또 뭡니까?"

"이지희 씨는 스승님, 오연화 씨는 선생님, 구문효 씨는 사부님이라 부르잖습니까? 저도 뭔가 하나 특별한 호칭으로 최재철 씨를 부르고 싶어서요."

"그렇게 따지면 웬디가 절 폐하라 부르니 그것도 좀 그렇군요. 아니, 그게 아니잖습니까."

"하긴 그렇군요. 다른 걸 생각해 보죠."

현오준은 소탈하게 웃었다. 이 화제를 더 질질 끌어봐야 득될 것이 없음을 직감한 최재철은 본론으로 되돌아왔다.

"이지희를 어떻게 생각하냐고요? 그건 어떤 의미의 질문입니까?"

"에스파다 도 오르덴의 정체는 아주 중요한 비밀입니다. 단순히 신문사에 팔아도 엄청난 보수를 기대할 수 있겠죠. 기자였던… 저는 알고 있습니다."

정확히 따지면 '이 세계의 현오준'은 기자가 된 적이 아예 없지만, 최재철은 그 부분은 굳이 따지지 않았다. 게다가 현오준의 말은 아직 끝나지 않았다.

"그리고 신문사보다도 그 정보를 훨씬 더 비싸게 사줄 곳이 하나 있죠."

WF. 그들의 적. 복수의 대상.

"그건 제 질문에 대한 답은 아니군요."

"구문효 씨와 오연화 씨는 당신의 질문에 대해 대답했죠. 하지만 이지희 씨는 아닙니다."

"지희가 배신이라도 할 거라고 생각하시는 겁니까?"

"그건 정확하지 않군요. 단지……."

다소 날카로워진 최재철의 반응에 현오준은 잠깐 대답을 저어했다. 최재철이 이어질 말을 잠자코 기다리자, 그는 포기한 듯 다시 입을 벌려 말했다.

"전의 세계에서는 이지희 씨는 당신의 팀이 아니었습니다."

그제야 최재철은 현오준이 무슨 말을 하려고 하는지 알아챘다.

"이레귤러라는 겁니까?"

"제 입장에서 비춰봤을 땐 그렇죠."

이건 회귀자들의 나쁜 습성이다. 자신이 모르는 것, 즉 '이전 세계'에서는 없었던 것을 극히 껄끄러워 한다. 하기야 변수가 많을수록 회귀자 본인의 메리트도 감소하는 법이니 이런 습성을 비난만은 할 수 없다.

하지만 최재철의 입장에서는, 그리고 그 외의 대다수 인간의 입장에서는 역시 그다지 동의하고 싶지는 않은 논리이다. 이전 세계든, 다음 세계든, 이 세계를 살아가는 그들에게 있어서 '진짜 세계'는 지금의 이 세계뿐이다.

이전 세계에서는 내 친구가 아니었는데 이번 세계에선 친구라니 수상하다. 이런 논리에는 역시 쉽게 동의할 수 없다.

그럼에도 그는 굳이 현오준에게 설교하려고 들지 않았다.

"이전 세계의 이지희는 어땠습니까?"

대신 그렇게 질문했다.

"이전 세계에서는 눈에 띄는 존재가 아니었습니다. 이전 세계의 저는 어벤저부 기자였기 때문에 어느 정도 두각을 드러내는 어벤저라면 이름 정도는 알고 있었습니다만, 아닌 걸 보니 그냥 평범한 B급 어벤저였겠죠."

"아뇨, 아마도 C급이었을 겁니다."

최재철이 말했다.

"네? 어떤 근거로⋯⋯."

"이번 세계에서 그녀를 각성시킨 게 저라서 그렇습니다."

거대한 재능을 갖고 있긴 했지만 그걸 몸 밖으로 꺼내는 방법을 몰랐던 이지희를 각성시킨 건 최재철이었다. 그게 최재철과 이지희의 첫 만남이기도 했다.

"하지만 그것도 이상하지 않습니까? 이전 세계에서도 최재철 씨와 이지희 씨가 만났더라면 각성시켰을 텐데요?"

"아마도 그랬겠죠."

최재철은 고개를 끄덕였다.

"이전 세계와 지금 세계는 완전히 동일하지 않습니다. 변수가 많죠. 그렇게 말씀하신 건 현오준 길드장님, 당신입니다."

"분명 전 그렇게 말씀드렸죠. 그렇게 넘어갈 수 있는 일입니다."

현오준은 별다른 반박을 하지 않고 그렇게 동의했다. 그러나 그의 이야기는 계속되었다.

"하지만 저는 그녀에게서 또 한 가지 위화감을 느꼈습니다. 이 일을 오늘에야 말씀드리는 이유가 그겁니다."

"오늘 일이로군요."

"맞습니다. 눈치채셨습니까?"

현오준이 말하고자 하는 건 최재철이 오늘 보여준 퍼포먼스에 대한 이지희의 반응이다. 그가 S급 랭커로 꼽히는 오연화를 상회하는 염동력을 사용했는데도 그녀는 너무나도 담담하게 받아들였다. 스승님이라면 그 정도는 당연하지 않느냐는 듯이 말이다.

"애초에 반응을 보려고 보여준 것이니까요."

최재철도 이지희가 어떤 목적을 가지고 의도적으로 그와 접촉한 것이 아닐까 생각한 적이 있었다.

그렇게 생각한 이유는 간단하다. 이지희는 처음부터 최재철에게 너무 호의적이었다. 그건 최재철이 그녀를 경계하고 의심하기에 충분한 이유였다.

하지만 오늘 일을 계기로 최재철은 어떤 결론을 이미 내려 둔 상태였다.

"뭐, 그녀에 대해서는 걱정하지 마십시오. 이지희는 신뢰할 수 있는 인재입니다."

"알겠습니다."

현오준은 더 캐묻지 않았다. 당신이 그렇게 말한다면 그런 줄 알겠다, 그런 반응이었다.

*　　　*　　　*

이지희는 문득 오연화에게 말했다.

"비밀 하나 교환하기, 어때?"

"어떤 비밀?"

"아무거나."

"아무거나? 흐음."

오연화는 잠깐 생각했다가 고개를 끄덕였다.

"언니 먼저."

"나, 요즘 전생의 꿈을 꿔."

"……."

오연화는 모래 씹은 표정으로 이지희를 올려다보았다.

"만화를 너무 많이 본 거 아냐?"

"아니, 소설 쪽일걸."

"어느 쪽이건."

"그래서? 그게 비밀이야?"

"응."

"아, 그럼 난 사실 왕족의 후예야."

"앞에 '아, 그럼'이 붙은 게 불안한데, 정말이니?"

"당연히 뻥이지!"

오연화는 깔깔대며 웃었다.

"자, 이제 그만 자자."

오연화는 자신의 옆자리를 툭툭 두들기며 말했다. 이지희
가 그 자리에 누우니 오연화는 리모컨으로 방의 불을 껐다.
오연화는 헤헷, 하고 한 번 웃더니 꼬물꼬물 이지희의 품속으
로 파고들었다. 이게 요즘의 일상이었다.

"난 진짜인데……."

"그만 주무세요."

오연화는 눈을 감은 채 말했다. 이미 많이 졸렸는지 하품
을 늘어지게 하곤 이지희의 오른손을 들어다 자기 머리 위에
올렸다. 이지희는 그 작고 따끈따끈한 머리를 버릇처럼 몇 번
쓸어주다가, 그녀 본인도 곧 잠에 빠져들었다.

*   *   *

언제부터 이지희가 전생의 꿈을 꾸기 시작했는가.

그 질문에 대한 답은 '최재철과 만난 직후부터'였다.

이지희에게 있어서 최재철과 처음 만나 손가락을 맞댄 순간은 ET가 지구인과 처음 손가락을 맞댄 순간과 빗댈 수 있을 정도로 의미 있었던 순간이었다고 할 수 있었다.

그 순간 이후부터 이지희는 조금 이상해져서 최재철을 스승님이라고 부른다거나 하는 기행을 하게 된다. 그때의 일은 그녀 자신도 왜 그랬는지 이해하지 못했다.

그 당시에는.

그러나 그녀는 그날 밤부터 꾸기 시작한 꿈으로 인해 왜 자신이 그런 기행을 벌였는지 조금씩 이해해 가기 시작했다.

'네게는 재능이 있어.'

꿈속의 남자는 그녀에게 말했다.

'넌 훌륭한 마법사가 될 수 있을 거다.'

그녀가 그날 경험한 일을 꿈속에서 똑같이 겪었다.

꿈속의 그녀는 인간이 아니었다. 그녀가 있던 곳은 지구가 아니었다.

꿈속의 그녀는 무르아냐라 불렸으며, 도시 엘프라 불리던 종족의 후예였다.

무르아냐가 살던 세계는 지구보다 훨씬 가혹했다.

대륙의 모든 땅에 소유주가 생긴 이래, 자기 소유의 숲을 갖지 못한 엘프들은 모두 쫓겨났다. 그렇게 쫓겨나 도시의 하층민으로 자리 잡은 엘프의 일파가 바로 도시 엘프였다.

그런 천한 피를 타고 난 무르아냐는 심지어 고아였고, 노예이기까지 했다.

무르아냐의 주인은 그녀를 해가 뜨면 거지로 분장시켜 길거리로 내쫓았고, 해가 지면 그녀가 구걸해 받은 돈과 물건을 빼앗았다.

그래도 잠잘 곳이 있다는 건 다른 거지들에 비해 나았다. 그렇게라도 생각하며 살아야 했던 힘겨운 하루하루였다.

운명의 날, 무르아냐는 그날도 구걸을 하러 거리로 나와 있었다. 거지들끼리도 영역 다툼이 심해, 무르아냐 같은 작고 약한 거지는 주위에 다른 거지가 없는지 노심초사하며 두리번거려야 했다.

제대로 체온 유지도 안 되는 넝마를 어떻게든 어깨 위로 끌어 올리며, 무르아냐는 돈 많아 보이는 행인들에게 손을 내밀었다. 결코 옷을 붙잡거나 해서는 안 된다. 옷을 더럽혔다고 맞아 죽을 수도 있었으니까. 경험으로 얻은 지혜였다.

닿지 않도록, 하지만 시선은 끌도록, 불쌍하게 보이도록.

그 남자와 손끝이 맞닿은 건 그때였다.

파지직, 하고 전기가 흘렀다.

"이름이 뭐냐."

남자는 물었다.

"무르아냐······."

"그래, 무르아냐."

남자는 고개를 끄덕였다.

"널 내 제자로 받겠다."

따뜻한 손을 내밀어 맞잡으며 남자는 말했다.

"이제부터 날 스승님이라 부르려무나."

첫날 밤 꾼 꿈은 거기까지였다. 잠에서 깨고 나서 이지희는 가장 먼저 자신의 손바닥을 들여다보았다. 소녀보다는 깨끗하고 큰 손. 자신이 인간이고, 지구에 있으며, 이지희임을 확인한 후에 그녀는 안도의 한숨을 내쉬었다.

그 정도로 꿈이 생생했던 탓이었다. 순간적으로 자신이 무르아냐라고 착각할 정도로.

어째서 이런 꿈을 꾼 것일까. 물론 계기는 최재철과의 접촉이었다.

하지만 원인은 다른 곳에 있었다.

"아무리 생각해도 역시 원인은 하나밖에 없지."

그 원인이란 계약마와의 계약이었다.

＊　　　　＊　　　　＊

시간을 조금 더 거슬러 올라가, 그녀가 아직 아이돌이었을 때의 일이다. 이미 데뷔는 했지만 음반은 10장도 제대로 팔리지 않고, 행사에서도 관중을 10명도 모으지 못하던 시절의 일. 이미 꿈은 이뤘을 텐데, 그 꿈을 이룬 현실이 시궁창이던 시기의 일이었다.

"아무래도 스폰을 받아야겠어."

그녀의 전소속사의 사장인 주승호가 먼저 지나가듯 말했다. 그리고 이후에 김현직 실장이 이지희를 따로 불러내 스폰이란 게 뭔지 좀 자세하게 말해주었다. 널 스폰해 주길 바라는 거물이 있다고도 언질이 나왔다.

이지희는 격노했다. 자신이 꿈꾼 세계가 더럽혀진 것 같았다. 당연히 거절했다. 그때는 자신이 잘못되었다고는 털끝만큼도 생각하지 않았다.

그러나 그 거절로 인해, 그녀는 자신을 둘러싼 세상이 단번에 휙 뒤바뀐 것 같은 착각에 휩싸였다.

"야! 너 스폰 거절했다며?!"

같은 팀의 언니가 화가 머리끝까지 치솟은 상태로 그녀의 결정을 비난해 댔다.

너는 팀을 위해서 그 정도의 희생도 못 하냐, 스폰 상대도 거물이라던데 네 앞길에도 좋지 않냐, 앞뒤 꽉 막힌 이기적인 년. 이기적인 년……

착한 언니였다. 친한 언니였고, 따를 만한 언니라고 생각했다. 그런데 자신의 꿈을 더럽히는 말을 쏟아내고 있는 언니는 그녀가 알던 언니가 아니었다.

부조리한 비난을 받는 것보다도 참을 수 없었던 건, 눈치를 보던 같은 팀 동생들의 시선이었다. 그 시선은 언니의 말에 대한 암묵적인 동의를 표하고 있었다.

"그럼 언니가 하면 되잖아!"

결국 이지희는 더 참지 못하고 폭발하고 말았다. 그 말은 해서는 안 되는 말이었다. 그 언니의 얼굴이 확 굳어지는 것이 보였다.

"…그래, 내가 한다. 실장 오빠! 내가 할게요!!"

"넌 안 돼."

김현직은 딱 잘라 말했다.

"하지 마."

"아, 왜요!"

"넌 그분의 취향이 아니야."

"…취향대로 맞춰드리면 되잖아요."

"뭐?"

"성형이라도 하죠! 몸매 시술도 좀 하든지!!"

그 자리에 있던 모두가 경악했다. 김현직 실장도, 눈치를 보던 동생들도.

"그거 좋군!"

주승호 사장만이 손뼉을 짝 치며 좋아했다.

며칠 후, 돌아온 그 언니의 모습은 이지희와 똑 닮은 얼굴이 되어 있었다. 그리고 정말로 사장의 손에 이끌려 그 예의 '스폰'이란 걸 받으러 갔다.

언니, 여승이 언니.

예뻤는데, 동경하던 언니였는데, 노래도 나보다 잘 부르고 춤도 잘 췄는데.

자신과 똑같은 얼굴로 떠난 그 언니의 얼굴이 계속 어른거렸다.

"미안하지만 여승이는 솔로로 데뷔할 거야. 너희는… 흠, 그래. 지희야, 어때? 생각은 좀 바뀌었니?"

더욱 참을 수 없었던 건 여승이가 갔음에도 여전히 이어지고 있던 주승호 사장의 압박이었다. 그리고 동생들의 시선……. 그녀는 더 이상 사무실에 얼굴을 비출 수 없었다.

이지희는 작은 방에 무릎을 끌어안고, 그저 가만히 앉아 시간을 보냈다.

며칠을 그러고 있었을까.

그때, 목소리가 들렸다.

[…힘을. 힘을 원하는가. 원한다면… 주겠다.]

"…힘을 공짜로 준다는 거야? 그런 게 가능할 리가 없잖아."

[힘을 주겠다.]

"대가로 뭘 바쳐야 하는데? 내 정조?"

그녀의 입가에 자조가 걸렸다. 그러나 곧 그녀의 표정은 굳어지고 만다.

[네… 존재.]

"…영혼이라도 바치라는 거야? 악마야? 필요 없어!"

[대가는… 다른 것이라도 상관없다.]

"그럼 이런 것도 돼?"

아직까지도 그녀는 무대 위에서 반짝거리고 싶어 하고 있었다. 지금까지 성공한 그녀의 우상이었던 이들은 모두 '스폰'을 받아서 그렇게 된 거라는 더러운 이야기를 듣고 말았음에도 불구하고. 그녀는 여전히 꿈을 버리지 못한 채였다.

"내 옛 꿈을 줄게. 내 지금 꿈을 주는 대신… 나한테 새로운 꿈을 줘!"

[계약은 성립되었다.]

다음 날 아침, 눈을 떴을 때 그녀는 더 이상 아이돌이 되고 싶지 않은 자신을 발견했다.

그게 계약마와의 계약이었음을 이지희는 후일 최재철의 이야기를 듣고 나서야 알았다.

＊　　　　　＊　　　　　＊

"아니, 꿈이란 게 그 꿈이 아니잖아."

그 계약마는 정말로 악마였던지, 그녀의 소원을 뒤틀린 형태로 이뤄준 것 같았다. 새로운 장래 희망을 달라고 했더니, 밤에 꾸는 꿈을 준 모양이었다.

"그러니까 이렇게까지 생생한 꿈을 꾸게 된 거겠지."

그 후에도 같은 꿈이 며칠째 이어졌다. 그것도 시간대로, 차례차례 무르아냐의 인생담이 이어졌다.

'스승님'은 무르아냐의 주인에게서 그녀를 사들이고, 그녀는 모든 이가 동경해 마지않는 상아탑의 학생이 되었다.

그제야 그녀는 스승님의 정체가 상아탑의 교장이었음도 알게 되었다.

상아탑이라는 곳은 철저하게 실력 위주로 돌아가는 곳으로, 외부 세계의 선입견이 개입될 여지가 없었다.

거지였고, 노예 출신인 데다 도시 엘프라는 사람들에게서 천시당하는 종족이었음에도 불구하고, 교장이 직접 가르치는 무르아냐를 아무도 감히 무시하지 못했다.

무르아냐에게는 그에 합당한 재능이 정말로 있었다. 괜히 상아탑의 교장이 직접 가르치는 게 아니라고 설득할 수 있을 정도의 빛나는 재능이!

무르아냐는 스승의 가르침을 스펀지처럼 흡수했다. 그녀가 상아탑의 열 손가락 안에 드는 인재가 되는 데는 그렇게까지 오랜 시간이 걸리지 않았다.

상아탑을 졸업한 무르아냐는 차원 균열을 닫는 전문 조직인 어스름에 합류했다. 영웅의 일원이 된 것이다. 이 어찌 영광스럽지 않을까!

스승과 함께 어스름에서 활동하던 무르아냐는 어른이 되었다. 그녀는 첫 발정기를 맞이하자마자 자신의 마음이 어디를 향하고 있는지 곧 깨닫게 되었다.

무르아냐는 스승을 사랑하고 있었다.

그녀는 스승에게 고백했다.

"안 돼, 무르아냐."

그러나 스승은 고개를 저었다.

"나는 이 세계의 인간이 아니야. 나는 나의 세계로 돌아갈 거야."

"따라가겠어요."

"허락 못 한다."

스승의 표정은 어디까지나 냉엄했다. 확실한 거절의 표현. 무르아냐는 자신의 마음이 스승에게 닿지 않는다는 것을 깨달았다.

'어째서? 내가 천한 도시 엘프라서?'

그런 게 아니라는 걸 무르아냐 본인이 누구보다도 잘 알고 있을 터였다.

상아탑만큼 편견이 없는 곳이 이 대륙에는 존재하지 않는다.

교장 본인이 출신을 따지지 않고 오로지 능력만으로 제자들을 평가하기에 그럴 수 있다는 것 또한 무르아냐는 잘 알고 있었다. 그렇기에 도시 엘프인 데다 노예 출신이기까지 한 무르아냐가 상아탑 우수 졸업생에 뽑히고, 어스름에까지 합류할 수 있었으니까.

그러나 잘못된 생각은 무르아냐를 몰아붙였고, 그녀의 정신은 가서는 안 될 영역에 발을 들여놓고 있었다.

무르아냐는 차원 균열 너머의 틈새 차원까지 아무에게도 알리지 않고 혼자 넘어갔다. 그리고 차원 세포를 하나 점령했다. 그녀의 기량이라면 혼자서 차원 세포를 점령하는 것 정도는 그리 어려운 일이 아니었다.

그렇게 차원 세포의 새로운 군주가 된 무르아냐는 차원 세포의 주인이 내어주는 퀘스트를 하나하나 해결해 나갔다. 목적은 명쾌했다.

"계약을!"

차원 세포의 주인에게 차원 괴수의 시체를 내려놓으며, 무르아냐는 소원을 빌었다.

"나를 '지구인'으로 만들어줘!"

[오, 작고 귀여운 나의 군주여.]

차원 세포의 주인은 측은한 눈으로 무르아냐를 바라보았다.

[천의 시체를 가져온들 그건 불가능하단다.]

"어째서! 넌 신이잖아!"

[아니, 난 신이 아니야. 작은 군주여, 내가 신이라면 어째서 군주라는 존재를 필요로 하고 섬기겠는가?]

"어떻게든 해봐! 어떻게든……!"

[오오… 그렇게까지 말한다면…….]

"방법이 있어?"

무르아냐의 눈동자가 희망에 찼다. 그러나 그 희망은 곧 꺾일 희망이었다.

[네 소원을 비틀린 형태로 이루는 것은 가능하단다. 하지만 그 방법은 네 존재를 파멸로 몰아넣을 거야. 넌 너 자신이 아니게 되고 말겠지. 널 아끼고 사랑하는 마음이 나로 하여금 그 방법을 사용하길 저어하게 만드는구나. 나의 군주여, 포기하지 않겠는가?]

"…포기 못 해."

하늘색 눈동자에 눈물을 가득 머금은 채, 무르아냐는 말했다.

"그 방법으로라도 내 소원을 들어줘."

[나의 군주여! 그 소원으로 인해 넌 죽게 될 거야. 넌 다음 생애에 지구인으로 태어나게 되겠지. 그리고 나는 차원 세포의 주인으로서 내 본성을 거부하지 못하고 남겨진 네 시체를 집어삼키고 말 터.]

차원 세포의 주인은 부드럽게 웃었다.

[하지만 군주여, 이것으로 충분한가? 아니, 그렇지 않아. 네 진실 된 소원을 말하거라. 나는 네 시체의 값을 치를 테니.]

"…원컨대."

무르아냐는 마른 목소리로 말했다.

"부디 다음 생에서는 지구인으로서 스승님과 만날 수 있기를."

그것이야말로 그녀의 진정한 소원이었다.

[오, 나의 작은 군주여. 계약은 이루어졌다. 다음 생에는 부디 행복하기를!]

*　　　*　　　*

이지희의 꿈은 이걸로 끝이다. 무르아냐의 이야기도 이걸로 끝이다.

최재철이 무르아냐의 '스승님'이냐고 물으면, 이지희는 고개를 저을 것이다.

무르아냐의 눈으로 본 '스승님'과 이지희의 스승인 최재철은 너무나도 달랐다. 교육 방식은 통하는 면이 있었지만 역시 달랐다. 첫 인상은 좀 겹치는 면이 있었지만 아무리 생각해도 다른 사람이었다.

이지희가 무르아냐라면, 지구 어딘가에 있을 무르아냐의 스승을 찾아다녀야 하는 게 맞을지도 몰랐다. '그쪽' 차원 세포의 주인이 스승님과 만날 수 있도록 계약을 맺어주었으니, 잘 찾아다니면 만날 수 있을지도 모른다.

하지만 이지희는 그럴 생각은 없었다.

결국 그녀는 무르아냐가 아니다. 그녀는 이지희였다. 20년 이상 이지희로 살아왔는데, 이제 와서 무르아냐로 살아갈 수는 없었다.

그리고 이지희에게는 그녀 나름대로 마음을 품은 사람이 있었다. 이 마음을 포기할 생각은 없었다. 자신의 몸과 마음, 존재 그 자체를 바친 무르아냐의 결의는 존중할 만하다고 생각은 하지만, 이지희는 같은 상황이라면 자신도 '그 사람'을 위해 그럴 수 있다고 생각한다.

"결국 나도 나 자신이 더 중요한 거지."

이지희는 문득 그런 혼잣말을 하고 있었다.

"언니?"

그녀의 혼잣말에 깜짝 놀란 오연화는 큰 눈동자를 깜박거리며 자신을 올려다보고 있었다.

"아, 미안. 그냥 혼잣말이었어."

두 사람은 아침 식사 중이었다. 어제는 오연화에게 아침 식
사를 맡겼더니 컵라면을 끓여놔서 앞으로는 이지희가 식사 준
비를 하기로 했다. 하기야 엄밀하게 따지자면 이지희가 얹혀
사는 입장인데 이 정도는 서비스해 줄 수 있었다.

"어제 말한 전생 이야기 말이야."

"응? 아, 어, 그래. 그런 이야기를 했었지."

이지희 본인은 지금 이 순간까지 잊고 있었던 이야기를 오
연화는 다시 꺼내며 말했다.

"전생보다는 지금이 더 중요한 거 아닐까?"

오연화의 표정은 어디까지나 진지했다. 나름 그녀를 생각
해서 해주는 말일 터였다. 이지희는 계란 조각이 붙은 그녀의
입가를 닦아주며 대답했다.

"역시 그렇지?"

*   *   *

"…어리석은 녀석."

김인수는 최재철의 모습으로 하늘을 올려다보았다.

처음에는 별로 믿겨지지 않았다.

이지희에게 무르아냐의 영혼이 깃들어져 있다는 사실을 바로 받아들일 수 있을 리가 없었다.

처음 낌새를 느낀 건 최재철이 이지희에게 처음 신체 강화 능력을 가르쳐 준 날의 일이다.

그날, 최재철은 김현직이 끌고 온 오만구를 비롯한 C급 어벤저들을 이지희더러 쓰러뜨려 보라고 했었다. 그리고 이지희는 멋지게 그가 낸 시험을 통과해 보였다.

무르아냐의 체술로.

잘 생각해 보면 지나칠 정도로 빠른 이지희의 능력 습득 속도도, 그녀가 간혹 보이는 부자연스러운 언행도 무르아냐의 존재로 모든 것이 설명된다.

그럼에도 불구하고 그는 쉽게 인정할 수 없었다. 우연의 일치라는 게 있을 수 있지 않은가?

아니, 사실은 별로 믿고 싶지 않았다. 그래서 믿지 않았다. 우연의 일치라는 게 거의 말이 안 되는 수준의 변명임에도, 그는 그냥 그렇게 생각하기로 했다.

그러나 바로 어제, 그녀와 주먹을 맞대며 최재철은 이지희 속에 존재하는 무르아냐를 인정하지 않을 수 없게 되었다.

*　　　　*　　　　*

무르아냐는 김인수가 상아탑의 교장이었을 시절 가장 아끼던 제자였다. 작고 귀엽고, 반짝반짝 빛나는 재능을 지닌 아이였다.

그 아이가 언제 그렇게 컸는지, 자기도 이제 어른이라고 애를 낳게 해달라고 찾아왔을 때는 천하의 상아탑 교장이자 어스름의 수장이라도 당황하지 않을 수 없었다.

좋은 말로 거절했을 셈이었다. 그러나 그게 좋지 않았던 모양이었다.

무르아냐는 자살에 가까운 방식으로 죽었다. 김인수가 그녀의 흔적을 따라 차원 세포로 향했을 때, 그녀는 이미 시체조차 남기지 않고 죽어 있었다.

무르아냐가 행방불명된 차원 세포에 김인수가 찾아가자, 차원 세포의 주인은 전의 군주였던 무르아냐가 가장 친근하게 느낄 형상으로 그의 앞에 모습을 드러냈다.

즉, 주인의 모습은 김인수와 똑 닮아 있었다.

[오, 위대한 이시여. 당신의 제자는 제가 삼켰습니다.]

차원 세포의 주인은 머리를 조아리며 말했다.

김인수는 이 자리에서 무슨 일이 일어났는지 곧장 알아챘다. 여기서 차원 세포의 주인에게 화풀이를 할 마음은 들지 않았다.

"계약 사항은 뭐지?"

김인수의 질문에 차원 세포의 주인은 공손히 그가 아는 모든 것을 대답했다.

[당신은 반드시 무르아냐를 만나게 될 것입니다.]

그의 모습을 한 차원 세포의 주인이 말했다.

[제가 연결한 인연의 끈을 당신이 끊어내지 않는 한은……]

"후."

김인수는 짧게 웃었다.

"빨리 지구로 돌아가야겠군."

[부디 그렇게 해주십시오.]

말은 그렇게 했지만 그저 위안일 뿐이었다.

재회하게 될 사람은 무르아냐 본인이 아닐 것을 김인수도 잘 알고 있었다.

*   *   *

이지희는 이지희일 뿐이다. 무르아냐가 아니다.

차원을 넘나든다는 것은 그리도 어려운 일이다. 존재 하나를 통째로 보낼 수는 없었다. 무르아냐의 파편을 이어받기는 했지만, 그렇다고 이지희가 무르아냐 본인이 될 수는 없다.

앞으로도 김인수는, 아니, 최재철은 이지희를 이지희로 대할 것이다. 그녀를 향해 무르아냐의 이름을 꺼내는 일은 없을 것이다.

그럼에도 간혹 그녀의 눈동자 빛깔과 같은 하늘을 바라볼 때마다 무르아냐에 대해 떠올리는 일은 있을지도 모른다.

오늘처럼.

*　　　　*　　　　*

"으, 죽는 줄 알았네."

유곽희는 자신의 목을 매만지며 한숨을 내쉬었다. 진가염과의 대면은 이걸로 끝이었다.

진가염의 특이한 취향에 대해 알고 있는 인물들 중에서도 이 정도로 괴롭혀도 죽지 않는 건 유곽희 정도였다. 그런 의미에서는 진가염에게 있어서도 유곽희는 꽤 희귀한 존재였고, 그래서 유곽희는 자신의 생존을 믿을 수 있었다.

"뭐, 이번에도 아슬아슬하긴 했지. 목이 두 번이나 부러졌었어."

"무사하셔서 다행입니다, 주인님."

아가임이 그녀를 맞이하며 말했다.

"아니, 무사한 게 아니지. 목이 두 번이나 부러졌었다니까? 어휴, 죽는 줄 알았네."

정작 그 당사자인 유곽희가 실실 웃으며 말하는데, 아가임이 그 말을 진지하게 받아들이기는 힘들었다.

정말로 죽을 뻔했던 건 사실이리라. 목이 두 번 부러졌던 것도 사실일 테고.

하지만 유곽희에게 그건 별거 아닌 일일 뿐이었다. 이번 일에 대한 대가를 이걸로 치렀다고 생각하면, 싸게 먹힌 셈이라고 그녀는 진심으로 생각하고 있었다.

목적을 위해서는 수단, 방법을 가리지 않는다.

이번 일은 그 일례일 뿐이다.

"그래서? 상황은 어때?"

"에스파다 도 오르덴은 특별한 움직임을 보이지 않고 있습니다. '가짜' 오르덴이 언론을 탔는지 만 하루 이상이 지났음에도 불구하고……."

"아… 별로 안 좋은데. 에스파다 도 오르덴은 내 예상보다 훨씬 주의 깊고 의심 많은 성격인 것 같아. 쉽게 이용해 먹긴 힘들겠어?"

잠깐 생각하던 유곽희는 곧 이어 말했다.

"혹시나 우리의 뒤를 캐고 다니느라 시간을 허비했을지도 모르지. 조상평 쪽에 한번 연락이나 해보는 게 어때? 가능성은 낮아 보이지만 접촉했을 가능성이 제로는 아니니까."

"알겠습니다. 하지만 주인님."

아가임은 곤란한 표정으로 유곽희를 바라보았다. 물론 여전히 웃음을 띤 표정이긴 했다. 유곽희는 그의 미소가 무너진 걸 지금껏 한 번도 본 적이 없었다.

"왜? 얼른 전화해 봐."

"전 조상평의 번호를 모릅니다."

그제야 유곽희는 생각이 나서 고개를 끄덕거렸다.

"아, 맞다. 연락처 남기지 말라고 했지. 그럼 직접 찾아가야겠군."

"차량을 준비하겠습니다."

예상이라도 한 것처럼 아가임이 말했다.

"부탁해."

＊　　　＊　　　＊

유곽희는 조상평의 아지트에 도착했다.

"조상평은 있군요. 혼자 있습니다. 없으면 어떻게 해야 하나 고민했습니다만."

아가임의 말에 유곽희는 떨떠름한 표정으로 대꾸했다.

"그걸 왜 고민해? 저기 없으면 장소의 기억을 읽고 어디로 간 건지 추적하면 되지."

"전 단지 주인님께서 왜 저들의 연락처라도 받아두지 않은 건지 탓한 겁니다만."

"안 그래도 되니까."

유곽희는 뚱하니 말했다.

"쓸데없는 소리는 그만하고, 가보자. 은혜를 알면 차라도 한 잔 내주겠지."

그리고 그런 유곽희의 기대는 철저하게 배신당했다.

"늦었군."

아지트의 문을 열자, 그 목소리가 먼저 들렸다.

그 목소리는 유곽희에게 있어서는 아주 익숙한 목소리이기도 했다. 아가임의 목소리를 이 목소리와 비슷하게 변조하기 위해서 몇 번이고 반복해서 들었던 탓이었다.

하지만 육성으로, 직접 듣는 건 처음이었다.

에스파다 도 오르덴의 목소리를.

유곽희는 아가임을 노려보았다. 아가임은 분명 이 아지트 안에 조상평 밖에 없다고 했었다.

유곽희의 시선을 받은 아가임은 고개를 저었다. 반응을 보니, 그의 '헌터 아이'는 제대로 작동하고 있었던 것 같았다.

그렇다면 원인은 다른 곳에 있으리라. 저 철 가면을 쓴 남자, 에스파다 도 오르덴 쪽에 말이다. 저 남자가 어벤저들의 '오러'를 꿰뚫어보는 아가임의 '헌터 아이'를 속였다고 보는 게 합당한 결론일 터였다.

"범인은 항상 범행 장소로 돌아온다는 말은 이 경우엔 잘

맞지 않는 것 같군. 그래도 뭐, 비슷한 거겠지."

에스파다 도 오르덴은 여유작작한 태도로 말했다.

"그렇지 않나? 가짜 에스파다 도 오르덴."

"…그 가짜 에스파다 도 오르덴이 절 가리키는 명칭입니까?"

아가임이 웃는 얼굴을 무너뜨리지 않은 채 되물었다.

"날 속일 셈인가?"

"그렇지 않습니다, 진짜 에스파다 도 오르덴. 직접 만나 뵙게 되어 영광입니다."

유곽희가 서둘러 말했다. 분위기가 험악해지는 건 피하고 싶었다. 그녀는 에스파다 도 오르덴과 싸우러 온 것이 아니다.

"제 이름은 유곽희입니다. 그리고 이쪽은……."

"네게 물었다, 가짜 에스파다 도 오르덴."

에스파다 도 오르덴은 유곽희를 무시하며 말했다. 눈구멍 하나 없는 그 철 가면 속에 감춰진 시선이 어디를 바라보고 있는지는 잘 보이지 않았지만 그의 말이 아가임을 향했음은 명백했다.

유곽희는 굴욕으로 인해 입술을 깨물었다.

"저는 아가임입니다."

아가임은 자기소개를 했다. 유곽희의 자기소개에 이어서. 어디까지나 유곽희가 이 대화에서 무시당하지 않았다는 걸

전제로 한 태도였다.

"S급 7위에 랭크되어 있지요."

"호오, 그래? 그럼 이 나라에 너보다 강한 어벤저는 여섯 명밖에 없다는 뜻이냐?"

에스파다 도 오르덴의 질문에 아가임은 고개를 저었다.

"그 여섯 명 안에 당신이 포함되어 있지 않은 걸 보니 그렇지는 않은 것 같군요."

"그래? 네 눈에 지금 나는 B급 정도로밖에 보이지 않을 텐데."

"물론 제 눈에는 당신이 조상평으로밖에 보이지 않습니다."

아가임은 경계를 늦추지 않은 채 대꾸했다.

"그래서 드리는 말씀입니다. 제 눈을 속일 수 있는 실력자……."

"닥치고 꿇어."

"욱?!"

아가임의 무릎이 풀렸다. 그의 웃는 얼굴이 드디어 무너졌다.

"큭……!"

그대로 주저앉을 뻔했던 아가임은 주먹을 땅에다 박아 간신히 저항했다. 옆에서 보기에는 엄청난 압력이 그를 짓누르고 있는 것처럼 보였다. 그럼에도 불구하고 어쨌든 무릎은 아직 땅에 닿지 않았다.

그런 아가임을 보며 에스파다 도 오르덴은 유쾌한 목소리로 말했다.

"과연 S급 7위라 이건가. 내 명령에 저항하다니. 나하고 격이 하나나 둘 정도밖에 차이가 나지 않는 것으로 보이는군."

"……!"

"아니, 꿇지는 않았지만 닥치기는 했군. 둘에서 셋 정도인가."

"…둘… 인 것, 같군요……!"

그 자리에서 부들부들 떨면서, 아가임은 간신히 입술을 달싹이며 반항했다.

"그래, 좋아. 둘."

에스파다 도 오르덴은 유쾌한 듯 인정했다.

"일어서라. 나와 같은 높이에 시선을 두는 것을 허하마."

"허억! 하아……!"

한참 동안이나 목이 졸려 있다가 풀려난 것처럼, 아가임은 급히 숨을 들이켰다. 마치 마라톤이라도 뛰고 온 것처럼 그의 온몸이 땀으로 흠뻑 젖어 있었다.

"에스파다 도 오르덴은 네가 가짜 에스파다 도 오르덴으로 행세했던 죄를 지금 것으로 용서했다. 하지만 이번뿐이다. 다음은 없어."

"…이 능력으로 조상평 일당을 굴복시킨 겁니까?"

"그들이 내게 힘에 의해 굴복당한 것으로 보이던가?"

에스파다 도 오르텐의 그 조소가 섞인 되물음에 아가임은 아무 말도 하지 못했다.

"후, 뭐, 좋아. 그들에게 무슨 용건이 있어서 여기에 찾아온 건지 한번 들어보도록 하지."

"제가 찾아온 건 조상평 일당이 아니라 당신이에요, 에스파다 도 오르텐."

유곽희가 그제야 조심스럽게 끼어들었다. 그러나 에스파다 도 오르텐은 그녀 쪽은 쳐다보지도 않았다.

"내가 질문하지 않았나? 대답하게, 가짜 에스파다 도 오르텐."

"그녀는 제 주인입니다, 에스파다 도 오르텐."

아가임은 대답했다.

"저는 그녀의 명령을 따릅니다. 제게 의지 같은 건 존재하지 않습니다."

"하, 내 명령을 거부하느라 젖 먹던 힘까지 끌어내서 발버둥 치던 놈이 의지가 존재하지 않는다니. 꽤나 재미있는 농담을 할 줄 아는군. 뭐, 좋아. 그녀의 명령이 뭔지 내게 말해보게."

"어린애 같은 전언 게임을 할 생각은 없습니다, 에스파다 도 오르텐. 그녀를 존중해 주십시오."

후, 하는 웃음소리가 가면 속에서 들렸다.

"내가 다시 한 번 네게 명령을 내리면 어떻게 될지 상상은 해봤나?"

"그런 상상은 할 필요가 없습니다."

"꽤나 충성스럽군그래."

바로 그 순간, 유곽희는 에스파다 도 오르텐으로부터 거대한 힘의 오러가 일렁이는 것을 보았다. 어마어마한 압박감이 그녀를 습격했다.

아가임은 유곽희의 앞을 막아섰다. 그의 몸이 공포로 인해 덜덜 떨리고 있는 것이 유곽희의 눈에도 보였다. '헌터 아이'를 가지고 있는 그가 그렇지 않은 그녀보다 더 큰 압박감을 느끼고 있을 것이 틀림없었다.

"훌륭한 충성심이로군."

다음 순간, 압박감은 자취를 감췄다.

"어떤 능력이나 스킬, 아니면 인질이나 빚 따위 때문에 억지로 움직이고 있는 것 같지는 않아. 아무래도 이 여자에게는 너로 하여금 충성을 바치게 만들 뭔가가 있는 모양이지?"

그렇게 말하던 에스파다 도 오르텐은 흥미로운 듯 말했다.

"그게 뭔지는 모르겠지만……. 흠, 그게 성욕인 것 같지는 않군. 생존 본능은 성욕보다 강하니 말이야."

"……."

아가임은 농담처럼 나온 에스파다 도 오르텐의 이어진 말에도 입을 열지 않았다. 그런 아가임의 태도에 에스파다 도 오르덴은 픽 웃었다.

"뭐, 좋아. 네 충성심을 높이 사서 네 주인 또한 존중해 주도록 하지."

에스파다 도 오르덴의 고개가 드디어 유곽희 쪽을 향했다.

"여자, 네 이름이 뭐지?"

                    *   *   *

'재미있는 놈이로군.'

이게 별로 좋은 버릇은 아니란 걸 잘 알고 있음에도 불구하고 에스파다 도 오르덴, 즉 김인수는 이런 생각을 했다.

'이 녀석, 갖고 싶은데?'

물론 여기에서 '이 녀석'을 가리키는 건 아가임이다. 그러나 김인수는 아가임에 대한 소유욕을 금방 접어두었다. 지금 중요한 건 그가 아니니까. 지금 중요한 건……

'드디어 얼굴을 보게 되었군.'

유곽희.

소문이 자자한 그 여자다.

이 여자가 여기, 즉 조상평 일당의 아지트로 다시 돌아올 거라고 확신한 김인수는 미리 입구에다 알람 비슷한 걸 설치해 두었다. 그리고 A급 이상의 차원력을 지닌 사람이 지나치면 울리도록 설정해 두었다.

연락처 교환을 하지 않았다는 건 연락하기 위해선 직접 올 필요가 있다는 뜻이다. 그러니 다시 올 것이다. 그런 그의 예상은 맞았다.

알람을 설치해 두고 온 지 이틀째. 최재철의 모습으로 계란을 사러 나와 있던 김인수는 이 알람이 울리자마자 얼른 집으로 돌아가 에스파다 도 오르덴의 모습을 취한 후 초시공의 팔찌를 이용해 조상평의 은신처로 서둘러 점프해야 했다.

조상평 일당을 다 내쫓고 조상평인 척하며 아지트에 태연히 앉아 있기까지 시간은 꽤 촉박했고, 상황은 급박하게 돌아갔다.

이렇게까지 해서 봐야 하는 여자냐고 묻는다면 그렇다,라고 대답할 수밖에 없다. 다른 건 다 제외하고도 진가층의 아내다. 그녀로부터 끌어낼 수 있는 정보는 꽤 많을 것으로 기대할 수 있었다.

물론 유곽희가 WF에 가진 감정이나 그녀 본인에 대한 평가를 위해서도 직접 얼굴을 한번쯤은 보긴 해야 했다.

이 여자를 죽일 것인가, 살려둘 것인가를 결정하기 위해서라도.

'흠.'

겉보기에는 평범한 여자다. 다른 이들의 언급과는 달리 그렇게까지 미녀라는 인상도 없다. 물론 얼굴 자체는 이미 비전으로 본 터여서 새삼스러운 인상도 아니었지만.

'역시 평소에는 유혹 같은 스킬을 쓰고 있는 건가.'

지금은 별로 그런 기색이 보이지 않는다. 유혹을 쓴 흔적도 없고 쓸 기미도 없다.

그녀 나름대로 에스파다 도 오르텐에게는 수작 부리지 않고 대하겠다는 생각이기라도 한 걸까. 그렇다면 꽤 인정해 줄만 할 인물일지도 모른다.

애초에 방금 전에 유곽희와 아가임에게 끼얹은 건 죽음의 공포와 더불어 온갖 스킬을 해제시키는 효과가 붙어 있는 차원력 폭풍이었다. 딱히 스킬이나 능력이랄 건 아니고 그냥 차원력을 세게 뿜어내는 건데, 이걸 맞으면 어중간한 세뇌나 유혹 등 잡다한 스킬은 풀리게 마련이다.

그럼에도 불구하고 아가임은 유곽희의 앞을 막아섰다. S급 7위 랭커가 B급도 될까 말까한, 능력자로서는 애송이인 여자를 상대로.

'뭐가 있긴 있겠지.'

그렇게 판단한 김인수는 유곽희에게 말했다.

"여자, 네 이름이 뭐지?"

"유곽희입니다."

명백히 지금까지 자신을 무시해 온 김인수에 대해 분노조차 떠올리지 않는다. 그렇다고 굴욕을 견디는 기색도 없다. 그런데 비굴하다거나 하지도 않다.

'재미있군.'

김인수는 가면 아래에서 웃었다.

"말해봐."

"네?"

김인수의 말에 유곽희는 당황한 듯 빈틈을 보였다.

"말해보라고. 나하고 접촉하고 싶었다며? 그게 신체적 접촉을 말한 게 아닌 이상, 뭔가 전달하고 싶은 메시지 같은 게 있어서 한 말이었겠지? 그걸 말해봐."

"제게 협력해 주십시오."

오, 나름 반응이 빠르다. 나쁘지 않다.

"거절한다."

김인수는 즉시 거절했다. 고개를 끄덕일 이유가 없었다.

"돈을 드리겠습니다."

"필요 없어."

"그럼 뭐가 필요하시죠? 필요한 걸 마련해 드리겠습니다."

"질서."

김인수는 대답했다.

"이 에스파다 도 오르덴이 WF에게 전달한 내용은 너희에게도 전달되었을 거라 생각한다. 그러니 저 가짜 에스파다 도 오르덴이 날 흉내 낼 수 있었을 테니까. 내가 원하는 것은 차 원의 균형이 지켜지는 것. 즉, 질서다."

새빨간 거짓말은 아니었다. 우선 순위에서 조금 밀리긴 하 지만, 그는 최대한 차원 질서를 유지시켜 볼 셈이었다.

진씨 일가에 대한 복수에 방해만 되지 않는다면.

"저희는 미력하나마 질서를 지불해 드릴 수 있습니다."

유곽희가 제안했다. 완전히 잘못 짚었다. 하지만 내버려 두 기로 했다. 그보단 정보다.

"차원 균열을 더 닫겠다는 거냐? 그 대가로 내 협력을 얻겠 다고?"

"그렇습니다."

"내 협력을 받아 하고 싶은 것은 무엇이냐?"

유곽희는 조금 숨을 들이마셨다. 0.5초 정도 늦게 그 대답 이 나왔다.

"복수입니다."

"복수?"

"그렇습니다."

"허, 사적인 복수 말인가? 그런 걸 위해 이 질서의 검을 빌 리겠다는 거냐?"

"그렇습니다."

변명 같은 건 하지도 않는다. 그저 긍정. 긍정이 이어질 뿐이었다.

"일단 들어는 보지. 누구에 대한 복수 말이냐?"

"진씨 일가에 대한 복수입니다."

유곽희는 거침이 없었다. 묻는 즉시 모든 걸 대답한다. 그리고 그 내용 또한 기가 막혔다. WF의 며느리인 그녀가 본가에 대한 복수를 다짐하다니. 웃음이 나왔다.

"왜?"

"그들은 내 첫사랑을 죽였습니다."

"지극히 사적이로군. 누구?"

유곽희는 여기서 처음으로 망설였다.

"그것이 중요합니까?"

"중요하고말고."

김인수는 말했다. 그조차도 그녀가 다음에 할 말을 예상하지 못했다.

"그렇다면 대답하겠습니다. 김인규라 합니다."

김인규, 그의 동생.

그 이름을 사람의 입으로 들어보는 것이 얼마만일까. 그가 복수하고자 맹세한 자들은 사람이 아니니, 김인수는 10년 이상의 세월 동안 다른 사람의 입에서 그 이름을 듣지 못한 셈이 된다.

"…에스파다 도 오르덴?"

유곽희의 그 부름을 듣고서야, 김인수는 자신이 한동안 침묵하고 있음을 깨달았다.

아니, 동명이인일 수도 있다.

그렇게 생각하고 나니 김인수는 겨우 평정심을 되찾을 수 있었다.

"그는 어떻게 죽었는가?"

"자살했습니다."

"왜?"

"그들이 그의 어머니를 죽였기 때문입니다."

김인수는 숨이 턱 막히는 걸 느꼈다. 그럼에도 유곽희의 말은 끝나지도 않았다.

"그들은 그가 죽은 후 그의 아버지도 죽였습니다. 그리고 그의 형까지도 죽였습니다. 이제는 남은 이가 없습니다. 그의 어머니의 복수를 할 이도, 그의 아버지의 복수를 할 이도, 그의 형의 복수를 할 이도, 그리고 그의 복수를 할 이도!"

유곽희의 목소리에는 분노가 가득 들어찼다. 그녀 본인조차 제어할 수 없는 것처럼 보였다.

"그렇다면, 그러하다면 생면부지의 피 한 방울도 섞이지 않은 이라도 나서서 그 피 값을 치르도록 해야 하는 것이 세상의 이치가 아니겠습니까!!"

복수는 이루어져야만 한다. 그래야 같은 일이 다시 일어나지 않는다.

고대의 법률이다. 인간이 문명을 일으키기 전부터 존재해왔던 법률.

분노의 법률이다!

그렇기에 그 법률은 야만적이고, 결코 이성적이지 않다. 질서와는 정반대에 위치해 있다.

그럼에도 불구하고 유곽희는 복수를 이야기했다.

분노를 담아.

"그것은 질서와는 전혀 상관이 없군."

김인수는 에스파다 도 오르덴으로서 말했다.

"그렇기에 저는 당신께 질서를 지불하겠다고 말씀을 올린 겁니다."

조금 전까지의 분노는 어디로 사라졌는지 유곽희는 태연히 말했다.

그녀는 완전히 잘못 짚었다. 만약 에스파다 도 오르덴을 설득할 생각이라면 가장 해서는 안 되는 이야기를 하고 말았다. 그런 이야기로 질서의 수호자, 에스파다 도 오르덴은 결코 설득시킬 수 없다.

그런데 지금 그녀가 이야기하는 자는 에스파다 도 오르덴이기 이전에 김인수였다. 철 가면은 말 그대로 그저 가면일 뿐, 그 또한 복수귀였다!

결과적으로는 완전히 잘못 짚은 이야기가 360도 회전해서 제대로 짚은 셈이 된 것이다.

"…과연."

김인수는 아가임에게 고개를 돌렸다.

"재미있는 여자로군."

"저도 그렇게 생각합니다, 에스파다 도 오르덴."

그렇게 대답한 아가임은 웃는 표정이었다.

*   *   *

"재미있는 여자지."

진가염은 와인 잔 속의 와인을 빙글빙글 돌리며 혼잣말을 했다.

"괴롭혀도, 괴롭혀도 질리지 않는 여자는 흔하지 않단 말이야. 흠, 후후."

붉은 와인을 들이켜며 그는 코로 웃었다.

"그리고 멍청한 여자고."

아직 와인이 남은 잔을 진가염은 바닥에 휙 집어던졌다. 얇은 유리잔은 대리석 바닥에 부딪혀 산산조각이 나고, 와인은 바닥에 흩뿌려졌다.

그러자 그의 뒤에 서 있던 남자가 새로운 잔을 꺼내어 와인을 다시 따라 진가염에게 건넸다. 그의 표정은 시종일관 무표정했다.

그의 이름은 서필지. S급 랭커 9위에 위치한 어벤저였다.

원래대로라면 그의 사수인 아가임과 함께 파주의 차원 균열을 지키고 서 있어야 하는 그가 여기 있는 이유는 보고를 위해서였다.

"유곽희 아가씨는 에스파다 도 오르덴과의 접촉에 성공했습니다. 하시만 에스파다 도 오르덴이 스킬 무효화 능력을 쓰는 바람에 더 이상의 도청은 불가능해졌습니다."

서필지의 고유 능력은 도청. 아주 비밀스럽게 또 하나의 귀를 대상에게 달아놓을 수 있는 능력이다.

S급 7위인 아가임이라 한들 그의 능력을 간파하지는 못했다. 그가 그런 능력을 갖고 있다는 것은 여기 있는 진가염 정도만 알고 있다.

아가임은 서필지가 신체 강화 능력자인 줄로만 안다. 자신보다 랭킹이 낮다는 점 때문에 방심한 탓도 있겠지만, 서필지가 S급 9위에 걸맞은 초월적인 신체 능력을 발휘하기 때문인 점도 있다.

즉, 서필지의 도청 능력은 랭킹의 산정에 포함되어 있지 않다. 실제로는 랭킹보다 더 강력한 어벤저란 의미다.

그렇기에 아가임은 자신이 진가충에게서 받은 명령을 무시하고 태업하고 있는 것부터 유곽희를 따르고 있다는 것까지 서필지에게, 그리고 진가염에게도 줄줄 새고 있다는 것을 모른다.

서필지가 도청해 온 내용을 들은 진가염은 흐응, 하고 코웃음을 쳤다.

"그 철 가면, 예상보다는 쓸 만한 인재인 모양이로군."

"도청 건에 대해서는 아가씨와 아가임 선배는 전혀 눈치채지 못한 것 같습니다만, 에스파다 도 오르덴은 모르겠습니다. 어쩌면 눈치를 챘을 수도 있습니다."

"흠, 후후. 뭐, 상관없지."

와인을 다시 한 모금 삼킨 후, 진가염은 그 와인 잔도 내팽개쳤다. 챙그랑!

"이 소리가 좋단 말이야. 이 비주얼도 말일세. 가히 예술적이지."

서필지는 그런 진가염의 말에 대꾸하지 않고 새로운 와인 잔을 꺼내들어 채울 뿐이었다.

"묻게."

진가염은 새로운 와인 잔을 받아 들며, 문득 말했다.

"왜 유곽희 아가씨를 그냥 내버려 두시는 겁니까?"

서필지는 마치 미리 정해진 대사를 읊듯 그렇게 질문을 던졌다.

"그게 더 재미있으니까."

진가염은 흥거운 목소리로 대답했다.

"유곽희라는 여자가 우리 가문에 원한을 가지고 있는 건 너무나도 당연해. 진현우에게는 첫사랑의 남자를 살해당하고, 진가충에게는 정조를 빼앗겼지. 그리고 나한테는 어쨌든 그 배로 낳은 자기 자식을 빼앗겼어. 이런 짓을 당하고도 원한을 가지지 않는 쪽이 오히려 이상하지."

하하하하, 하고 한 번 웃은 뒤에나 진가염은 이야기를 계속했다.

"그럼에도 불구하고 전혀 원한을 품지 않은 것처럼, 도리어 자기 '가짜' 자식인 진남에게 WF를 물려주도록 획책하는 것처럼 보이려는 노력이 가상하지 않나? 내 손바닥 위에서 펼쳐지는 연극을 보는 기분이야. 그것도 아주 실감나는!"

챙그랑! 또 한 번 와인 잔이 깨졌다.

"엔터테인먼트!"

새로운 와인 잔을 받아든 진가염은 와인으로 목을 한 번 축이고는 이야기를 계속했다.

"나는 온갖 사치와 향락을 즐겨왔네. 이제 와서 영화 따위로, 연극 따위로 날 만족시킬 수는 없지. 돈을 뿌리면 그걸 줍느라 여념이 없는 놈들한테는 질렸어. 누구나 설탕을 좋아하

듯 아양과 아첨을 좋아하지만, 설탕에도 사람은 질리게 마련일세."

다시 와인 잔을 빙글빙글 돌리기 시작하며 진가염은 말했다.

"그런 점에서 유곽희는 대단히 재미있는 관찰 대상이지. 아주 흥미로워."

진가염의 손목이 문득 뚝, 움직임을 멈췄다. 그 손에 쥐여진 잔의 움직임도 멈췄지만 와인은 그 잔 안에서 계속해서 물결치고 있었다.

그 잔을 진가염은 테이블 위에 조용히 내려놓았다.

"흥미롭다는 점에 있어서는 나의 조카인 현우도 참 흥미롭지."

"진현우 도련님 말씀이십니까?"

"그래."

서필지는 테이블 위에 놓인 잔에 와인을 따랐다. 그가 그러든, 말든 진가염은 계속해서 떠들었다.

"유곽희가 무슨 생각이었는지는 모르겠지만 말이야, 자기 딸인 진남을 현우에게 맡겼거든. 뭐, 그 여자도 현우가 자기 좋아하는 건 알고 있었을 테니, 나름 잘 돌봐주리라고 생각이라도 한 거려나?"

채워진 잔을 다시 들어 올리며 진가염은 큭큭큭 웃어대

었다.

"하기야 뭐, 현우도 실제로 진남을 꽤 귀여워했던 모양이니 그렇게까지 틀린 판단은 아니었지. 아빠라고 부르라고 했던 모양이던데. 참 내, 그놈도 참 재미있는 놈이야."

진가염은 와인 잔을 휙 집어던졌다.

"기억나나? 진가충이 죽었을 때 말이야."

"작은 주인님 말씀이십니까?"

"그래… 죽은 놈은 네 작은 주인이 맞지."

새 와인을 따르려는 서필지에게 손을 들어 멈추도록 한 뒤, 진가염은 말했다.

"그놈을 죽인 게 유곽회인 것도 기억하고 있나?"

"그렇습니다."

"그래서 충이 놈을 되살리기 위해서 제물이 몇 마리 필요했는데, 내가 그중에 진남을 끼워 넣었거든."

진가염은 큭큭 웃었다.

"현우, 그 녀석 반항을 하더라고. 할아버지한테 이르겠다나? 그래서 내가 말했지."

"뭐라고 말씀하셨습니까?"

"유곽회를 살릴 건지 진남을 살릴 건지 선택하라고."

진가염의 목소리에 점점 더 흥이 돌았다.

"뭐라고 대답하던가요?"

"지금 살아 있는 게 누군가로 대답은 정해져 있지 않나?"

"하지만 주인님, 제물은 굳이 진남이 아니어도 상관없지 않습니까?"

서필지의 질문을 들은 진가염은 한 번 숨을 뚝 끊더니 이윽고 씨익 웃었다.

"그렇지."

그러더니 갑자기 낄낄 웃기 시작한다.

"그걸 나중에 가르쳐 줬더니 현우 녀석! 표정이! 아하하핫! 제 딴에는 사랑하는 여자를 살리기 위해 양녀를 포기한 거겠지! 사실은 그럴 필요가 없었는데도 지를 아빠, 아빠하면서 따르던 양녀를 제 손으로 희생시킨 기분이 어땠냐고 물어보니까 나한테 덤비더라고!!"

웃음을 멈춘 진가염은 픽 웃었다.

"어디서 감히."

서필지는 시가의 끝을 시가 커터로 잘라내고 있었다. 진가염이 손을 내밀자 서필지는 잘라낸 시가를 그에게 넘겨주었다. 그리고 성냥을 꺼내서 불을 붙였다.

"현우는 지금 뭘 하고 있나?"

"죽었습니다."

시가의 연기를 한껏 빨아들인 후, 진가염은 말했다.

"그거 말고."

그 말을 예상했다는 듯, 서필지는 곧장 다음 대답을 이었다.

"시설에서 탈출했나 싶더니만, 지금은 진가충이 마련해 준 집으로 돌아가 있습니다."

"그렇군."

연기를 한 번 푹 내뿜은 후, 진가염이 재떨이 위에 시가를 올리자, 서필지는 작은 잔에 위스키를 따랐다.

"어떻게 하시겠습니까?"

"지금은 내버려 둬."

위스키 한 잔을 입에 털어 넣은 후, 진가염은 말했다.

"놔두면 쓸 일이 있겠지."

마치 과자를 다 먹고 난 뒤 쓸모없어진 양철통을 어떻게 할지 말하듯.

*   *   *

같은 시각, 진현우.

"기억해 냈어……! 기억해 냈다고, 그 망할 자식!!"

그는 순조롭게 기억을 되찾아가고 있었다.

"날 죽인… 범인!!"

그 범인의 이름은…….

"박기범! 이 은혜도 모르는 배은망덕한 자식!! 너만은 내가 꼭 찾아내서 죽인다!!"

그의 두 눈동자는 분노의 불길로 활활 타오르고 있었다.

28장

거래

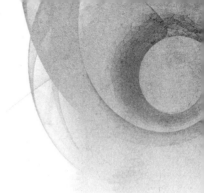

[왕이시여, 오셨습니까. 왕의 친구 분들께도 안부 인사 올립니다. 별고 없으셨습니까?]

웬디는 오자마자 최재철 일행을 다소 과장스럽게 반겼다.

"보다시피. 넌?"

[그리 큰일은 없었습니다. 다만…….]

웬디는 일부러 말하기가 꺼려지는 척 바로 입을 열지는 않았다.

"무슨 일 있었어? 웬디!"

그리고 거기에 이지희가 걸려들었다.

[아, 아닙니다. 이런 일 때문에 왕의 친구 분께 힘을 빌릴 수는 없습니다.]

"아, 됐어. 얼른 말이나 해."

최재철은 질린 듯 내뱉었다.

[웬디가 이 차원 세포를 더욱 풍요롭게 만들기 위해서는 더욱 많은 자양분이 필요하답니다. 반드시 필요한 것은 아니지만 번영과 발전을 위해서 필요한 것들이지요.]

"그건 다음에."

웬디는 말하자면 일종의 '퀘스트'를 주려고 한 거지만, 최재철은 딱 잘라 거절했다.

"뭐, 침략당하거나 그런 일은 없었지?"

[두 번 있었습니다만 모두 격퇴했습니다.]

웬디라고 무력이 없는 건 아니다. 이 차원 세포의 주인인데 무력이 없을 리는 없다. 그럼에도 그녀가 최재철을 목이 빠져라 기다린 이유는 간단하다.

적자가 나기 때문이다.

어벤저들과 마찬가지로 차원 세포의 주인들도 차원력을 자원으로 권능을 발휘한다. 그런데 가만히 있으면 차원력이 회복되는 어벤저들과 달리 차원 세포의 주인들은 자연 회복을 기대할 수 없다. 즉, 차원 세포의 주인이 적을 맞이해서 자신이 직접 싸우면 차원력을 계속 소모만 하게 되어, 결국 차원 세포가 약해지게 된다.

"그렇군. 잘했다. 앞으로도 그런 식으로 잘해주도록."

그런 사정을 전부 알고 있음에도 불구하고, 최재철은 고개를 끄덕이며 태연히 말했다.

[제가 직접 침략자를 무찌르기 위해서는 차원 세포의 차원력을 소모해야 하는데요.]

"알고 있어. 잘했다."

최재철은 설명을 시작하려는 웬디의 말을 사정없이 잘랐다.

'차원 세포의 의지'인 웬디는 차원력과 영토에 관한 무한한 욕망에 사로잡혀 있다. 이 녀석의 욕망을 채워주려면 이 틈새 차원을 모조리 점령해도 모자랄 지경일 터였다. 그러니 적당히 끊어주는 것도 필요했다.

"자, 그럼 훈련을 시작하지."

웬디가 입을 닥쳤으므로, 이제 예정대로 훈련을 소화할 생각이었다.

본래 장비가 없어서 차원 세포에 오는 걸 뒤로 미뤘던 현오준 길드지만, 최재철이 자신의 정체 중 하나가 에스파다 도 오르덴인 걸 밝히면서 장비 또한 지원했다. 그래서 이들은 이렇게 차원 세포에 올 수 있게 되었다.

"WF 같은 세력을 상대하려면 힘을 많이 길러야 하겠죠. 더 열심히 할게요!"

어째 WF에 직접적인 복수에 대한 동기를 갖고 있지는 않은 이지희가 더욱 의욕에 차 있었다. 물론 그녀를 납치하려고 한 게 진가충이라고 말해주면 없던 동기도 생기겠지만, 별로 들어서 기분 좋은 이야기도 아니고 그녀가 배반할 것 같지도 않으니 말해줄 생각 같은 건 없었다.

"그래, 좋아. 그럼 오늘은 지희부터 시작하지."

대신 최재철은 쾌활하게 웃으며 그렇게 말했다.

*   *   *

그날 밤.

김인수는 오래간만에 박기범의 모습으로 나섰다.

에스파다 도 오르덴으로서 유곽희와 협력하게 된 건 김인수에게도 굉장히 도움이 많이 되었다. 특히나 WF의 내부 정보에 있어서 유곽희는 지금까지 접촉해 온 그 어떤 인물보다도 많은 것을 알고 있었다. 하필 박기범의 모습을 오래간만에 취한 것도 유곽희에게서 새로운 정보를 얻었기 때문이다.

'함정일 수도 있어.'

그런 생각이 김인수의 머릿속을 스쳤다. 그러나 상관없었다는 결론 또한 동시에 내려졌다.

"일단 저지르고 보자고."

그렇게 그 말을 입 밖에 내놓고 나니 머릿속이 시원해졌다.

그가 지금 서 있는 곳은 바로 진가충의 자택이었다.

"후."

짧게 웃은 그는 담을 훌쩍 뛰어넘었다.

무슨 자신감인지 별다른 경비 시설은 눈에 띄지 않았다.

아니, 그 자신감의 근거를 김인수는 유곽희에게 들어 알고 있었다.

"그는 어벤저예요."

유곽희의 증언은 다음과 같았다.

"라이센스 랭크로 치면 A급에 해당하겠죠. 실제로 라이센스를 받지는 않았으니 별로 객관적이라고는 볼 수 없지만, 어쨌든 평범한 어벤저들을 압도하고도 남을 능력을 갖추고 있죠."

갖추고 있는 능력은 신체 특수 강화 능력으로, 평범한 신체 강화 능력 또한 사용할 수 있으며 거대화와 피부 경화 능력을 동시에 사용할 수 있다고 한다.

더불어 자신의 땀을 마약 성분이 있는 액체로 바꾸는 능력도 갖고 있다고 한다.

"그러니까 절대로 진가충의 땀은 핥으시면 안 돼요."

"나한테 폭언을 하고 싶으면 더 적절한 게 있을 것 같은데."

어쨌든 그렇다고 한다.

다소 한쪽으로 치우쳐진 경향은 있지만, 숫자로만 세어 봐도 세 가지 이상의 능력을 동시에 사용할 수 있으니 충분히 강력한 능력자라고 볼 수 있었다.

하지만 문제는 그런 자신의 능력을 과신한 나머지 호위를 두는 데는 거의 무관심하다시피 하다는 점이었다.

물론 지금은 WF의 사정이 별로 안 좋다는 점 또한 영향이 없지는 않을 터였다. 언제 에스파다 도 오르덴이 자신들의 차원 균열을 닫으러 올지 모르니, 방어 병력을 빼서 진가충의 호위를 두는 데도 무리가 있으리라.

그래서 김인수가 이렇게 직접 진가충을 암살하러 나설 수 있었다.

"사실 저는 진가충을 이미 한 번 죽였었어요."

유곽희는 말했다.

"하지만 그는 되살아났죠. WF는 죽은 인간을 되살리는 기술을 이미 갖고 있었어요. 제 치기 어린 복수는 아무런 성과도 거두지 못했고, 전 뼈아픈 대가를 치러야 했어요."

"그 뼈아픈 대가란 게 뭐지?"

"제 딸이죠."

그녀의 어린 딸이 진가충을 되살리는 데 제물로 사용되었다는 말을 들었을 때, 김인수는 이 가는 소리가 철 가면 밖으로 새어 나가지 않도록 무진 애써야 했다.

'어차피 진씨 일가는 모조리 죽일 셈이었지만.'

그의 복수를 위해 죽일 생각이었지만.

'이 녀석에게는 죽어야 할 이유가 넘치게 많아!'

김인수는 진가충의 자택 대문을 마치 처음부터 잠겨 있지 않은 것처럼 열고 들어갔다.

*　　　*　　　*

들어가자마자 진가충이 어느 방에 있는지는 금방 알 수 있었다.

저택의 한 방에서 지금이라도 절정에 이를 듯 끈적거리는 신음성과 후끈하게 달아오른 열기가 배어 나오고 있었다. 그 방의 문을 여니 분명 성인은 아닌 여자가 남자를 깔고 앉아 허리를 거칠게 움직이고 있었다. 방을 열고 들어간 김인수의 모습을 확인하고 그 자리에 굳어버리긴 했지만 말이다.

"누구세요?!"

여자는 절정을 앞두고도 이성과 수치심이 남아 있긴 한 듯 손으로나마 자신의 가슴과 비부를 가리려 노력했다.

유곽희의 말과는 좀 다른 점이 있었다. 저 여자, 유곽희의 '가짜 딸'인 진남은 진가충의 마약에 취해 아무것도 못 할 거라고 했었는데 정작 눈앞에 펼쳐진 현실은 그 반대였다.

오히려 마약에 취해 있는 것처럼 보이는 건 그녀의 엉덩이

밑에 깔려 있는 남자가 진가충처럼 보였다.

"알 거 없어."

김인수는 차갑게 대꾸했다. 진씨 일가의 일원이 되기 위해 노력 중이라고는 하지만 아직 진씨 일가가 아닌 가짜 진남은 그의 복수와 아직 아무런 관련이 없었다. 그러니 그가 가짜 진남에게 관심이 있을 리 만무했다.

그래도 이대로 남겨뒀다간 잘못하면 지금부터 일어날 일에 대한 증인이 될 것이고, 잘해봐야 WF의 제물로 쓰일 테니 그냥 둘 순 없었다.

가짜 진남을 붙잡아다 차원 금고 속에 넣어버린 김인수는 마약에 취해 제정신이 아닌 진가충을 내려다보았다. 완전히 이성을 잃은 채 입에서는 침과 거품을 흘리며 본능적으로 허리를 꿈틀대고 있는 진가충의 모습은 대단히 추하고 어떤 면에서는 안쓰러웠다.

"일어나라."

김인수의 명령에 진가충은 눈을 번쩍 뜨고 일어났다. 그의 정신을 사로잡고 있는 마약의 영향은 간 곳 없고, 그의 두 눈은 이성을 되찾아 청명한 빛을 발하고 있었다.

"으으, 으아아아······!"

그러나 진가충은 마치 제정신을 되찾은 것이 괴로운 듯 비명을 질러대었다. 식은땀으로 흠뻑 젖은, 떨리는 손으로 새로운 주사기를 찾는 그의 모습은 마약중독자의 그것과 다를 바가 없었다. 마침내 새 주사기를 손에 쥐고, 그걸 자신의 팔에 찌르려 했다. 그러나 그는 행동을 실행하지 못했다.

파삭.

주사기가 그 자리에서 박살나 버렸기 때문이었다. 물론 박살 낸 것은 다름도 아닌 김인수였다.

"으으… 으으으……!"

그제야 진가충은 김인수를 노려보았다.

"누구냐……."

"네 아들의 친구다."

김인수는 도저히 아들의 친구처럼은 들리지 않은 말투로 말했다. 그러자 진가충은 픽 웃었다.

"내 아들? 하하하……. 나한텐 아들 같은 건 없어."

"그야 그렇겠지. 그냥 해본 말이었어."

자조적으로 뱉어진 진가충의 말을 김인수는 차갑게 잘라내었다.

"네놈은 진가충이 아니지만, 진가충의 역할을 하는 이상 죽을 수밖에 없어."

진가충의 눈빛이 흔들렸다.

"뭐야, 너… 어디까지 알고 있는 거야?"

"네가 모르는 것까지 알고 있지."

김인수는 차갑게 식은 눈동자로 진가충을 내려다보았다.

"오히려 네가 너무 많이 알고 있다고 말하는 게 정확하겠군. 네 기억은 봉인되어 있었을 텐데, 어떻게 되찾았지? 아니, 되찾았다는 말은 정확하지 않군. 그 기억들은 처음부터 네게 주어지지 않았던 것일 테니까."

"나, 나도 몰라."

진가충은 두려움에 찬 눈동자로 고개를 저었다.

"떠올려서는 안 되는 기억들을… 나는 너무나도 많이 떠올렸어. 그게 두려워서 약을 먹었던 건데……."

김인수는 이 방에서 예상외의 상황이 펼쳐져 있었던 이유를 알았다. 진가충이 본래 가짜 진남에게 주사할 예정이었던 마약을 자신에게 투여한 건 두려웠기 때문이리라.

"그래, 넌 창조물이다. 진가충의 역할을 수행시키기 위해 만들어진 인형이지."

그래서 김인수는 아마도 그가 가장 깨닫기 두려워했을 것을 알려주었다. 예상대로 김인수의 말을 들은 진가충의 눈동자가 충격으로 인해 벌어졌다.

"넌 결코 진가충 본인이 될 수 없어."

"너는! 넌 뭐야……. 뭐 하는 새끼야!"

진가충은 히스테릭한 목소리로 외쳤다. 그 두 눈은 실핏줄이 터져 붉게 물들어 있었다. 그런 진가충을 바라보며, 김인수는 코웃음 쳤다.

"네 아들의 친구였다… 고 말해봤자 이제는 믿지도 않겠지. 뭐, 애초에 진현우는 네 아들인 것도 아니니까."

"하! 진현우도 죽었어!! 지금의 그놈은 나하고 똑같은 존재야! 되살아난 존재지!! 아니, 제대로 된 조정도 못 받았으니 나보다 열등한 존재로군! 그런 놈하고 친구라니… 네놈도 별 다를 바 없겠어?!"

"그래, 알아."

진현우가 죽었다는 건 김인수도 알고 있었다. 그 자신이 직접 죽였으니 모를 리는 없다. 그리고 진현우가 되살아났다는 것 또한 유곽희에게 들어서 알고 있었다. 그러나 김인수의 대답이 의외였던지, 진가충의 동공은 한껏 확장되었다.

"뭐라고?!"

"네놈이 갑자기 기억을 되찾기 시작한 이유가 진현우 때문일 거다. 같은 소체로 연결된 사이일 테니, 비슷한 존재끼리 영향을 받는 것도 이상한 일은 아니지."

"…그 녀석이……."

김인수의 말에 진가충은 짚이는 구석이 있는지, 입을 다물어 버리고 말았다.

"후, 뭐 좋아. 쓸데없는 대화로 시간을 너무 낭비했군."

김인수는 그를 향해 팔을 뻗었다.

"죽을 준비나 해둬라."

"아아아아아!!"

진가충이 포효했다. 그와 동시의 그의 몸이 고무 인형처럼 부풀어 오르기 시작했다. 순식간에 3m가 넘는 거인이 된 진가충의 피부는 붉은빛으로 변했다. 경화 능력이 발동한 것이다.

"죽일 수 있으면 한 번 죽여 봐라, 병신아!!"

수박 한 통보다도 큰 주먹이 김인수의 머리를 노리고 날아들었다. 다음 순간, 빠각하는 소리가 났다. 그의 어깻죽지부터 큰 균열이 생겨, 휘두르던 팔이 조각나 떨어져 나가고 말았다.

"자, 봐라."

김인수는 히죽 웃었다.

"이제 누가 병신이지?"

"뭐야? 뭐가… 뭐야?"

무슨 일이 일어났는지 인지하지 못한 듯, 진가충은 주변을 두리번거렸다. 떨리는 손으로 자신의 잘려 나간 팔을 집어든 그는 그것을 원래 자리에 끼워 넣었다.

다음 순간, 반대편 팔 또한 잘려 나갔다.

"아아?!"

진가충이 절망적으로 외쳤다. 그런 진가충을 보면서 김인수는 쯧, 하고 혀를 찼다.

"통각을 잘라냈나. 재미없게."

"너는… 당신은……!"

그제야 눈앞의 존재가 자신을 한없이 초월하는 강자임을 깨달은 듯, 진가충의 온몸에서 식은땀이 뿜어져 나왔다.

"나, 나, 나, 나는 진가충이 아니야!"

"이제 와서 무슨 소리야. 그딴 건 알고 있어."

"그러니까 당신에겐 날 죽일 이유가 없어!"

"없긴 왜 없어."

김인수는 이빨을 드러내었다. 살의가 진가충을 닥치게 만들었다.

"네가 진가충의 자리에 올라서 한 짓만 따져도 넌 죽어 마땅해."

"아아아아!"

진가충은 절망적으로, 그러나 마지막 발악인 듯 남아 있는 다리를 김인수에게 뻗었다.

"흥!"

김인수는 코웃음을 치며 그 킥을 자신의 킥으로 받아쳤다.

우두둑!

거목이 꺾이는 소리가 났다. 꺾인 쪽은 말할 것도 없이 진가충의 다리였다.

"오오오오오오!"

"시끄러워, 멍청아."

김인수는 이미 전의를 잃고 울부짖는 진가충의 단전에 장저를 때려 박았다. 우드득, 하는 소리와 함께 진가충의 차원 코일이 빠개져 나갔다.

"어으억?!"

괴상한 외침과 함께 진가충의 몸이 풍선에서 바람이 빠지듯 쪼그라들었다. 근육질이던 사지는 말라비틀어져 나뭇가지처럼 변했다. 사지라고는 해도 팔 두 개와 다리 하나가 잘려나가 왼쪽 다리 하나만 남긴 했지만 말이다. 평소에도 신체 강화 능력을 이용해 근육질인 척하고 있었다는 게 드러나는 순간이었다.

"끄아아아아아악! 으아아아아악!!"

진가충은 온몸을 꿈틀거리며 비명을 내지르고 있었다. 차원 코일을 파괴당해 모든 능력을 잃은 탓에 더 이상 고통을 스킬로 무마할 수 없게 되었기 때문이다. 스킬의 힘으로 지혈해 뒀을 터였던 상처 부위에서 피가 후드득거리며 흘러나오고 있었다.

이대로 그냥 둬도 진가충은 출혈로 인해 쇼크사할 것이다.

하지만 김인수는 그를 그냥 놔둘 생각이 별로 없었다. 트롤 고문관의 반지가 빛을 발했고, 진가충의 팔다리가 도로 붙었다.

"어, 어?!"

진가충은 놀라 자신의 몸을 둘러보았다.

"옷을 입어라, 진가충."

김인수는 말했다.

"바깥으로 나갈 거다."

"뭐?"

퍼억, 하는 소리와 함께 진가충의 어깻죽지가 날아갔다.

"끄아아아악!"

진가충의 입에서 다시 비명이 터져 나왔다.

"두 번 말하게 하지 마라. 난 인내심이 그리 많지 않아."

"크후욱, 후욱, 흐윽, 흑……."

눈물이 진가충의 뺨을 타고 흘렀다. 상처는 트롤 고문관의 반지에 의해 회복되었다고는 하지만 고통은 여전히 신경을 자극하고, 상처가 아문 자리는 벌레에 물리기라도 한 듯 가려울 것이다.

이윽고 진가충은 순순히 옷을 입었다. 신체 강화 능력을 잃은 탓에 지금의 몸에 익숙하지 않은 건지 비틀거렸지만, 아예 걷지 못할 정도는 아니었다.

"따라와라."

"어디로 갈 거지?"

"너한테는 질문할 권리가 없어. 목이 잘려 나가는 느낌을 산 채로 확인하고 싶지 않으면 닥치고 따라 나와."

진가충은 자신에게는 스스로 죽을 권리조차 없다는 걸 이
해한 듯, 얌전히 입을 다물었다.

*   *   *

분노 다음에 찾아온 것은 공포였다.

'지금 덤비면 내가 죽어,'

진현우는 생각했다. 진현우는 박기범이 자신을 죽일 때 보
인 힘 또한 기억해 냈다. 아직 진현우는 박기범에게 도저히 대
적할 수 없었다. 굳이 냉정을 되찾으려 노력하지 않아도, 심장
이 터져 나가는 고통을 기억해 내면 저절로 냉정해질 수밖에
없었다.

'더 강해져야 해.'

그것이 진현우가 내린 결론이었다. 이제까지는 진현우에 더
가까워지기 위해서 다른 어보미네이션들을 사냥하고 다녔다
면, 이제부터는 목적을 달리 해야 할 것 같았다.

더 강해지기 위해 사냥하고 포식한다. 다행히 진현우가 아
무리 오리지널 진현우에 가까워진다 한들 그 존재의 본질은
그리 달라지지 않았다.

인간형 어보미네이션. 먹을수록 강해진다.

물론 이성 따위는 갖추지 않은 평범한 어보미네이션과 달리 인간을 잡아먹는 것에 저항감이 있다. 그래서 지천에 널려 있는 인간들은 건드리지 않고, 굳이 어보미네이션들을 찾아다니고 있었다.

인간 전문가들이 쓰고 있는 장비보다 더욱 민감하고 효과적인 진현우의 후각이 보다 빨리 어보미네이션의 발생을 탐지할 수 있기에 가능한 것이었지만 역시 쉽지만은 않았다.

'역시 빨리 강해지기 위해서는 인간을 먹어야 하나.'

본능적인 저항감이 있긴 했지만, 그건 평시의 도덕률일 뿐이다.

국가는 국민으로 이뤄진다. 인구가 많은 국가가 일반적으로는 더 강하다. 양과 질의 문제가 개입되면 반드시 그런 것만은 아니지만 국가는 부강해지기 위해 더 많은 인구를 필요로하고, 그렇기에 법과 도덕으로 살인과 식인을 금지시켰다.

그리고 진현우 또한 지금까지는 그런 도덕률에 사로잡혀 있었다. '인간'이 되기 위해서는 그럴 필요가 있다고 생각했기 때문이었다.

하지만 '다른 목적'이 생긴 이상, 그럴 필요가 있을까?

'아, 도덕률은 벗어던진다고 해도, 법률이 남아 있지.'

인간들은 살인을 최악의 범죄로 친다. 그가 사람을 잡아먹는다면, 이번에는 그가 사냥당하고 말 것이다. 법으로 인해 심판 받게 될 터였다. 어쨌든 경찰과 군대를 적으로 돌리는 건 성가셨다. 그의 목적은 박기범을 죽이는 것뿐이다. 쓸데없이 적을 늘려서 좋을 건 없었다.

'아니, 아니지.'

그러나 곧 진현우는 고개를 저었다.

'내가 사람을 죽여서 먹어도, 집안에서 무마해 줄 거야.'

그런 결론에 도달했기 때문이다.

이미 진현우는, 물론 엄밀히 따지면 그가 한 짓은 아니지만 사람을 죽음으로 몰아넣은 적이 몇 번 있다. 가장 기억에 남는 거라면 역시 김인규와 그 가족들을 몰살시킨 거였다. 그렇게 하고도 그에게는 아무런 페널티가 돌아오지 않았다. 집안의 힘이 있기 때문이다.

'좋아.'

진현우는 결정을 내렸다.

"사람을 먹자."

그렇게 결정을 내리고 나니 마음이 편해지는 것 같았다. 생각에 빠져 있느라 눈에 들어오지도 않았던 TV의 화면도 그제야 좀 보였다. TV에서는 뉴스가 나오고 있었다.

"응? 지금이 뉴스를 하는 시간이 아닌데."

애초에 진현우는 뉴스를 잘 보지 않는다. 그래서 그냥 채널을 돌릴까 하다가, 왼쪽 상단의 '긴급 뉴스'라는 글자가 그의 시선을 끌었다.

"북한이 쳐들어오기라도 했나?"

자기 생각이 웃겨서 픽픽대던 진현우의 얼굴은 곧 굳었다. TV 화면에서 나오고 있는 얼굴은 그의 눈에도 꽤 낯이 익었기 때문이었다.

박기범과… 그의 아버지인 진가충이었다.

인상이 너무 바뀌어서 알아보기 힘들었지만, 박기범이 그 목에 칼을 들이대고 있는 사람은 분명 진가충이었다. 진현우가 아는 진가충은 근육질에 나이보다 젊어 보이는 인상이었지만, 지금은 아니다. 비쩍 마르고 신경질적으로 보이는 그 얼굴은 오히려 나이보다 늙어보였다.

아버지가 며칠 사이에 저렇게 늙으셨나, 하고 속 편하게 생각할 수는 없었다.

"박기범, 저 새끼가 왜……!"

이를 득득 갈면서도 그는 홀린 듯 TV 화면을 바라보았다.

*   *   *

진가충을 그냥 죽여 봤자 WF와 진씨 일가는 그를 대신할 다른 살아 있는 인형을 만들어낼 터였다. 그러므로 진가충을 진짜로 죽이기 위해서는 그를 공개적으로 말살할 필요가 있었다. 그것이 김인수가 진가충을 보자마자 죽이지 않은 이유였다.

"흠, 아직까지는 함정인 것 같지는 않군."

김인수는 픽 웃었다. 지금 그가 서 있는 장소는 TA 한국 지사 건물 옥상이었다.

김인수는 지금 박기범의 모습을 한 채 칼을 빼들고 있었다. 그 칼은 진가충의 목에 겨누어져 있었고, 진가충 본인은 모든 걸 다 포기한 눈빛으로 김인수 옆에 엎드려 있었다. 그리고 그런 그들을 둘러싸고 카메라와 취재진들이 주르륵 서 있었다.

유곽희는 약속한 대로 김인수, 정확히는 에스파다 도 오르덴이 요청했던 것들을 준비해 주었다. 경찰과 군대, 그리고 WF의 병력이 배제될 만한 장소에 정보 관제가 없는 생방송 카메라를 갖다 달라고 했더니 유곽희는 장소를 TA 한국 지사로 지정해 왔다.

유곽희의 입장에서는 이 자리에 에스파다 도 오르덴 대신 박기범이 서 있는 게 이상하게 여겨질 터였지만, 그녀의 입장 따위는 김인수가 알 바가 아니었다.

"준비 다 끝났습니까?"

인질극을 벌이는 범인 주제에 취재진에게 그런 질문을 던지는 게 좀 웃기긴 했지만, 어쨌든 카메라 쪽에서도 오케이 사인이 나왔다. 생방송 카메라에 빨간 불이 들어왔다.

연극을 시작할 시간이다.

"제 이름은 박기범입니다. 저는 10년 전에 친구를 제 손으로 죽였습니다."

김인수는 박기범의 목소리로 말했다. 정체불명의 젊은 남자가 WFF의 사장을 인질로 잡았다는 말만 듣고 온 취재진들이 놀라는 모습이 보였다.

"하지만 저는 처벌받지 않았습니다. 사람을 죽였음에도 불구하고! 왜냐하면 법 위에 군림하는 사람들이 이 나라에는 있기 때문입니다."

김인수는 겨누고 있던 칼의 끝으로 진가충을 가리키며 말했다.

"이 남자처럼요."

진가충이 히익, 하고 숨을 삼켰다.

"저는 이 남자의 아들이 명령했기 때문에 제 친구를 죽여야 했습니다. 그리고 제가 심판받지 못하도록 하고서 제게 은혜를 입히는 것처럼 잘난 척했죠……. 화가 난 저는 이 남자의 아들을 주먹으로 때렸고, 그러자 이 남자는 제 부모를 납치한 후 죽였습니다."

김인수의 말은 진실이었다. 진현우를 되살리기 위해 사용된 제물 중에는 박기범의 부모도 포함되어 있었으니까. 그리고 진현우 부활 프로젝트의 책임자는 진가충이었다.

"이 남자는 제 부모를 죽였습니다. 그럼에도 불구하고 경찰은 이 남자를 그냥 내버려 두고 있습니다. 언론은 또 어떻습니까? 이 남자가 재판을 받았다는 뉴스를 본 적이 있습니까? 이 남자가 제 부모를 죽였다는 뉴스는요? 없을 겁니다!"

물론 김인수는 박기범의 부모가 죽든, 어쩌든 별 관계는 없었다. 그럼에도 불구하고 그가 격분할 연기를 할 필요는 없었다. 왜냐하면 그냥 격분하면 되니까. 김인수에게는 화를 낼만한 충분한 이유가 있었다.

유곽희의 말에는 말 잘 듣는 강아지처럼 쫄래쫄래 여기까지 온 주제에, 그의 가족의 죽음은 외면한 매스컴에게! 돈과 권력 아래 정의를 버리고 배를 드러내 보이며 복종한 이 나라의 행정기관과 사법기관에!!

"제가 정의는 아닙니다. 제가 선량하기만 한 피해자는 아닙니다. 저 또한 심판받아 마땅한 죄인입니다. 그러나 누군가는 재판받고 누군가는 재판받지 않는, 실질적으로는 계급 사회나 다름없는 이 나라에서는……"

김인수는 칼을 든 손을 치켜 올렸다. 칼날이 시퍼렇게 빛났다. 꺄악, 하고 기자들 중 누군가가 짧은 비명을 올렸다.

"다른 누군가가 심판관이 되어야 합니다!"

"멈춰!!"

퍼억!

김인수는 멈추지 않았다. 멈출 이유가 없었다.

진가충의 머리가 지면에 떨어져 데굴데굴 굴렀다. 그 목에서는 피가 뿜어져 나왔다. 끔찍한 광경에 비명이 울려 퍼졌다. 카메라맨은 카메라를 급히 돌렸다.

"멈추라고 했을 텐데! 박기범, 널 살인 현행범으로 체포한다!!"

권총의 총구가 그를 가리키고 있었다. 생각보다 시간을 끈 모양이었다. 경찰들이 기어올라 와 있었다.

"훗."

김인수는 짧게 웃었다. 그를 고무탄 따위로 멈출 수는 없었다. 경찰들도 그 사실을 잘 알고 있을 터였다. 설령 실탄이 든 권총이라 한들, 어벤저가 벌이는 범죄를 완전히 막을 수는 없다.

그러나 법과 현실은 항상 괴리되어 있게 마련이다. 떨리는 총구를 보라. 저들은 김인수가 칼을 휘두르면 자신들이 죽을 수도 있다는 걸 잘 알고 있었다. 그걸 잘 알면서도 총을 겨눌 수 있기에 저들은 용감한 경찰들이라 평할 만했다.

그럼에도 김인수는 구역질을 참을 수 없었다. 그의 가족들이 하나씩 죽어갈 때는 단 한 명의 용감한 경찰도 나타나지 않았다. 하지만 여기에는 나타났다. 왜일까? 아니, '왜'를 생각할 필요는 없다. 악은 항상 배후에 도사리는 법이다.

김인수는 경찰들에게 등을 내보인 채 뚜벅뚜벅 걸었다. 추락 방지 펜스를 홀쩍 뛰어넘자 가장 앞에 선 경찰이 무슨 생각인지 외쳤다.

"그만둬! 포기하지 마!!"

"뭘?"

"…정의를……!"

"하."

너무나 자연스럽게 웃음이 터져 나왔다. 자아도취도 유분수지, 그게 할 말인가. 김인수는 대꾸할 필요를 느끼지 못했다. 그는 그냥 앞으로 한 걸음 내디뎠다. 그리고 그의 몸이 허공에 내던져졌다. 지면이 그를 사랑해 마지않듯 끌어당겼다.

퍼억!

지면에는 토마토가 떨어진 것 같은, 아니면 빨간 페인트를 담은 물 풍선이 터진 것 같은 자국이 남았다.

그렇게 박기범은 자살했다.

김인수가 그렇게 위장했다.

*　　　　*　　　　*

2시간 후, 조상평의 은신처.

"깜짝 놀랐습니다."

유곽희가 처음 입 밖에 내놓은 감상은 그것이었다.

"마음에 안 들었나?"

에스파다 도 오르덴의 철 가면을 쓴 채로 김인수는 유곽희에게 물었다.

"사실… 박기범은 그런 식으로 포장될 만한 인물은 아니었으니까요."

박기범에 대해서도 유곽희는 어느 정도 알고 있는 것으로 보였다. 그야 유곽희는 박기범과 동급생이었다. 김인규나 진현우와 마찬가지로 말이다.

"그렇군. 내 연극이 네 마음을 불편하게 했다면 그건 유감스럽군."

김인수의 입장에서 박기범에 대한 평은 유곽희의 의견과 대동소이했다. 박기범이라는 인간이 심판관이 될 자격은 없다. 진현우도 말했듯이, 박기범은 그저 자신에게 쥐여진 권력을 즐길 뿐인 인간이었다.

"아뇨, 괜찮습니다. 어차피 이미 죽은 사람이고, …이번 일을 저지르기에 가장 걸맞은 인물이 박기범이라는 점에 대해서는 저도 같은 생각입니다."

그냥 공개적으로 진가충을 처형하는 것만이 목적이었다면 유곽희 본인이 해도 되었다. 그러나 유곽희가 WF 내에서 입지를 발휘할 수 있는 건 유연학의 딸이기만 해서인 건 아니었고, 진가충의 처라는 점도 많이 작용했다.

유곽희의 목적이 진가충을 죽이는 것이라면 직접 나서도

상관없지만, 그녀의 목적은 이게 끝이 아니었다. 진씨 가문 전체를 무너뜨리는 것이 목적이다. 그렇다면 역시 WF 내에서의 입지를 쉽게 버릴 수는 없었다.

그렇다고 진가충을 그냥 내버려 둘 수는 없었다. 진가충의 대외적인 역할은 WFF의 사장이지만, 막후에서는 언론 장악을 담당하고 있었다. 그 역할을 악용해서 아이돌 연습생들을 희롱하기는 했지만, 기본적으로는 꽤 유능한 편이었으므로 '진씨 가문을 무너뜨린다'는 유곽희의 목적에는 꽤 큰 장벽이었다.

진남을 이용해 단기간 동안 빈틈을 만들 수는 있었지만, 오래 끌 수 있을 거라고는 유곽희도 생각하고 있지 않았다. 결국 유곽희는 자신의 손을 더럽히지 않고 진가충을 공개적으로 처리할 필요가 있었다.

그래서 여기서 에스파다 도 오르덴이 나서게 된 것이다.

에스파다 도 오르덴의 입장에서는 사실 손해 보는 장사였지만, 김인수 입장에서는 전혀 그렇지 않았다. 진씨 일가를 파멸로 몰아넣는다는 그의 궁극적인 목적을 달성하는 것이니만큼, 그는 흔쾌히 유곽희의 제의를 받아들일 수 있었다.

박기범의 얼굴과 목소리로 거사가 이뤄진 것은 유곽희의 계획에는 포함되어 있지 않았다. 에스파다 도 오르덴이 대외적으로 질서를 위해 움직이는 존재라는 이미지 포장을 위해 김인수가 독단적으로 행한 것이다.

이걸 위해 에스파다 도 오르덴이 자신의 외형과 목소리를 자유자재로 바꿀 수 있다는 정보 또한 유곽희에게 보여준 셈이 되지만, 까 보이는 것이 별로 아까운 카드는 아니었다.

"아, 그렇지. 선물을 하나 가져왔어."

김인수는 지금 생각났다는 듯 말했다. 그는 차원 금고에서 가짜 진남을 꺼냈다. 이제껏 차원 금고에서 얼어붙어 있던 그녀는 알몸인 상태였다. 금고에서 천 쪼가리를 하나 꺼내 그녀에게 던져주며, 김인수는 유곽희에게 말했다.

"진가충과 함께 있더군. 처분은 네게 맡기지."

상황을 제대로 받아들이지 못해 일단 천 쪼가리로 몸부터 가리고 주변을 두리번거리던 가짜 진남은 처분이라는 단어에 움찔 굳어버렸다.

"알겠습니다. 아가임!"

"예."

유곽희의 옆에 시립해 있던 아가임은 가짜 진남을 데리고 방 밖에 나갔다.

"얼굴이 너와는 별로 닮지 않았더군. 저 얼굴로 네 딸 역할을 수행한 건가?"

"진가충의 취향에 맞춘 거니까요. 제 딸 역할은, 뭐… 부차적인 거였고요."

김인수의 물음에 유곽희는 쓴웃음을 지으며 대답했다.

"실존 모델이라도 있는 건가?"

"네. 이지희라고, 안 팔리는 아이돌이 하나 있죠. 뭐, 그 아이가 안 팔린 건 진가충이 배후에서 사주했기 때문이지만요."

그는 '역시 그랬던 거로군' 하고 말하지는 않았다.

"저 아이를 아예 이지희란 여자와 닮게 만들었을 정도면 진가충이 꽤 오래전부터 그 이지희에게 집착했었던 모양이로군."

"지금의… 방금 전에 죽은 진가충은 모르고 있겠지만, 이지희는 진가충에게는 형수에 해당하는 여자의 조카딸이에요. 진가충은 그 여자한테 꽤 심취해 있었죠."

"흠, 형수에게 말인가."

"네. 뭐… 그리 드문 일은 아니죠."

유곽희는 망설이듯 잠깐 입술을 오므렸다가 그냥 이야기를 계속했다.

"그 여자는 죽었어요. 꽤 오래전 이야기지요."

"그렇군."

"살해당했어요."

김인수는 자기도 모르게 시선을 유곽희에게 돌렸다. 철 가면에 감춰져 있어 눈동자의 움직임은 그녀에게 보이지 않았겠지만 기척 정도는 눈치챘을지도 모른다.

"진가염에게요."

어쨌든 유곽희는 태연한 목소리로 이야기를 계속했다. 가장

된 태연함이었다. 그녀의 새끼손가락 끝이 파르르 떨리는 것이 김인수에게는 보였다. 그녀에게 있어서 진가염이 어떤 존재인지, 어느 정도 짐작할 수 있는 반응이었다.

"그 이야기를 왜 내게 하지? 나더러 진가염도 죽이라는 건가?"

김인수는 속내를 숨긴 채 말했다.

"난 정의의 사도가 아니야. 질서의 검이지. 악을 저지른 자를 처벌하는 건 물론 좋은 일이지. 하지만 중요한 일은 아니야."

"알고 있어요."

유곽희는 대답했다.

"하지만 그럼에도 불구하고 단순히 정의감을 충족시키기 위한 것이 아니라 당신의, 질서의 검으로서의 당신에게도 그를 죽여야 하는 이유는 충분하고도 남아요."

"그게 뭐지?"

"차원 균열을 열라고 지시한 것이 그이기 때문이죠."

"진가충을 죽이라는 말을 들을 때도 같은 말을 들은 것 같은데."

김인수는 유곽희를 비웃으며 말했다.

"날 마음대로 조종하고 싶거든 말장난은 피하는 게 좋을 거야. 넌 이미 네 목적에 대해 내게 밝혔다는 걸 잊지 마."

"…알겠습니다."

분위기가 험악해진 방 안으로 아가임이 당혹해하며 들어왔
다.

"진남은 어떻게 했어?"

"재워두었습니다."

유곽희의 질문에 답하며 아가임은 김인수의 눈치를 보았다.

"아, 그렇지. 준비해 둔 선물은 하나 더 있어."

김인수는 아가임의 시선을 받으며 태연한 목소리로 말했다.
그는 차원 금고에서 뭔가 하나를 더 꺼냈다.

"마음에 들었으면 좋겠군."

김인수가 꺼낸 것… 사람을 본 유곽희는 경악했다.

"진현우!"

"유곽희?! 네가 왜 여기에……. 아니, 그보다 여기는 어디야?"

진현우가 외쳤다.

"알 필요 없다."

김인수가 말했다. 그의 목소리를 들은 진현우가 그 자리에
움찔하더니 그대로 굳어버렸다.

"왜……."

"이유는 이 녀석에게 듣도록 하지."

유곽희의 말을 끊어버리고, 김인수는 진현우의 등을 툭 쳤다.

"너 왜 왔냐?"

"당신, 께서 데려오신 것 아닙니까?"

말투가 좀 이상하긴 하지만 어쨌든 진현우는 김인수에게 높임말을 쓰고 있었다. 정확히는 철 가면을 쓴 에스파다 도 오르덴에게 존대한 것이지만 그거야 뭐, 아무럼 어떤가.

"여기에 왜 왔냐고 묻는 게 아니야. 거기에 왜 왔냐고 묻는 거다."

대명사로 점철된 질문이었지만 진현우는 알아들은 듯했다.

하기야 이쪽에서 개떡같이 말해도 찰떡같이 알아들어야 하는 게 지금 진현우의 입장이었다.

못 본 사이 사람 모양의 어보미네이션이 되어버린 진현우는 상대의 차원력에 대단히 민감했고, 철 가면의 불청객인 김인수는 아낌없이 차원력을 내뿜고 있었다. 야수의 본능 때문에라도 진현우는 자신보다 틀림없이 강한 김인수에게 너무나 자연스럽게 공손해져 있었다.

"저는 절 죽인 놈… 박기범이 TV에 나오기에 찾아왔습니다."

김인수가 박기범의 최후를 투신자살로 위장하고 난 후, '이' 진현우가 TA 한국 지사까지 찾아와서 주변을 두리번거리고 있었다.

존재감을 숨기고 있던 김인수는 그를 덥석 잡아서 바로 차원 금고에다 넣어서 여기까지 가져왔다. 진현우의 입장에서는 영문도 모르고 납치당한 셈이었다. 그러므로 진현우가 왜 거기서 얼쩡거리고 있었는지는 김인수도 지금 처음 듣는 거였다.

"호오, 박기범이 널 죽였느냐?"

"예……."

"그런데 넌 지금 살아 있지 않느냐?"

"전 한 번 죽었습니다. 지금은……."

"거짓말이로군."

진현우의 얼굴이 긴장으로 꽉 굳어졌다. '진짜 진현우'는 분노에 가득 찬 김인수를 눈앞에 두고도 이빨을 털기에 바빴는데, 지금과는 영 다른 게 재미있었다.

"넌 진현우가 아니야. 어보미네이션이지."

"전 진현우입니다!"

그것만은 양보할 수 없다는 듯, 진현우는 외쳤다.

"계약할 때 진현우가 되게 해달라고 했나 보지? 그런다고 네가 진현우가 되는 건 아니야. 진현우의 존재는 계약의 대가로 이미 소멸했고, 넌 그냥 진현우와 매우 닮은 어보미네이션일 뿐이다. WF의 발전소에 데려가면 아주 잘 타겠군그래."

진현우의 표정은 붉으락푸르락했지만, 반박할 말을 찾지 못한 듯 입술을 떼지 못하고 고개를 떨어뜨렸다. 그러나 김인수의 말은 아직 끝나지 않았다.

"지금까지 몇 명 잡아먹었냐."

"예?"

"지금까지 몇 명 잡아먹어서 거기까지 인간에 가까워질 수 있는 거냐고 물었다, 이 괴물아."

"전 아직 사람을 먹지는 않았습니다……!"

진현우는 억울한 듯 말했다.

"호오, 아직? 그럼 앞으로는 먹을 생각이 있다는 거로군?"

"……!"

이어지는 김인수의 흥미로워하는 것 같은 목소리에 진현우의 깜짝 놀라 고개를 들었다.

"아닙니다,라고 말해라."

"아, 아닙……."

"거짓말하면 뒤진다."

"……!"

"하, 이 새끼, 진짜로 사람을 먹으려고 했군?"

김인수는 혀를 쯧쯧 찼다. 이 존재가 진현우가 아닌 건 논리적으로 이해하고 있었다. 그럼에도 불구하고 살심은 이 존재를 처음 봤을 때부터 지금까지 전혀 누그러지지가 않았다. 그냥 죽이고 싶다. 그런 생각이 김인수의 머릿속을 꽉 채우고 있었다.

"아까도 말했듯이 앤 내 선물이다."

그럼에도 불구하고 김인수는 유곽희에게 말했다.

"네게 주마. 멋대로 처분해."

"감사합니다, 에스파다 도 오르덴."

유곽희는 정중하게 김인수에게 고개를 한 번 숙여보였다.

그리고 손날을 휙 휘둘렀다. 퍽, 하는 소리와 함께 진현우의 머리가 방바닥을 데구르르 굴렀다.

"내 선물을 너무 막 다루는군."

김인수는 껄껄 웃으며 말했다. 그는 데굴데굴 굴러다니는 진현우의 머리를 집어다가 그 목 위에 얹었다. 그러자 진현우는 부활했다.

"헉! 컥……!"

되살아난 진현우는 방금 전에 느낀 죽음에 숨도 제대로 못 쉬고 있었다.

"정말로 어보미네이션이로군요."

유곽희가 놀라며 말했다. 어보미네이션의 목숨은 셋이니, 한 번쯤은 죽여도 되살아난다. 정식으로 어벤저가 된 것은 아니라고 했지만, 유곽희도 어보미네이션에 대한 기본적인 지식은 갖추고 있었던 모양이었다.

"그렇다고 했잖아. 설마 내 말을 못 믿어서 시험 삼아 죽여 본 거야?"

"아뇨, 그런 건 아니에요. 지금은 그냥 죽이고 싶어서 죽인 것뿐이에요."

김인수의 질문에 대답하면서도, 유곽희는 여전히 넘실거리는 살기를 감추려고 들지 않았다.

"유곽… 희!"

"그 더러운 입으로 내 이름을 부르지 마, 얼간이 도련님."

유곽희는 냉기가 감도는 목소리로 대꾸했다. 그런 유곽희의 목소리에, 진현우는 다소 기세가 죽은 듯 시선을 피했다.

"너… 뭐야? 아버지를 죽였다고?"

"언제적 이야기를 하고 있는 거야?"

유곽희는 진현우를 비웃었다.

"너 때문에 진남이 끌려갔어! 아버지를 살리기 위한 제물로……!"

"그게 내 탓이라는 거야? 네가 진남을 제대로 보호하지 못했기 때문이잖아!"

"그, 그건……. 난 진남보다 네가 더 중요하다고 생각했으니까……!"

"이 병신이!"

짜악! 유곽희가 진현우의 따귀를 후려쳤다. 어찌나 세게 쳤던지 진현우가 그 자리에 쓰러졌다. 진현우의 입술이 찢어지면서 부러진 이빨이 입술 사이로 새어 나왔다.

"그래도 애 아빠라고 애를 맡겼더니만, 팔아치워?"

"애 아빠라고?!"

"그래, 진남은 네가 날 강간해서 낳은 자식이잖아! 이 병신, 병신 새끼가!"

쓰러진 진현우의 가슴을 유곽희는 발로 퍽퍽 밟았다. 그녀가 신은 힐 때문에 진현우의 가슴에 구멍이 숭숭 뚫렸다.

"나, 난……! 몰랐어!! 그냥 너와 아버지 자식이라고만……!!"

진현우를 피를 토하며 말했다.

"너 같은 새끼, 살아 있을 이유가 없어."

유곽희는 쓰레기를 보는 것 같은 눈으로 진현우를 내려다봤다. 그녀는 품속에서 비수를 꺼내들었다. 그걸 땅에 내팽개치며 유곽희는 말했다.

"자결해라."

"큭… 크흑……!"

진현우의 두 눈에서는 눈물이 새어 나오고 있었다. 그 눈물의 원인은 고통 때문만은 아닌 것 같았다. 그는 비수를 주워들었다.

"나는… 그래도 나는 널 사랑했어!"

그게 유언이기라도 한 양, 진현우는 그대로 지체 없이 자신의 목을 찔렀다. 비수가 그의 목에 파고들어 구멍을 내었고, 피가 팍 솟았다. 그럼에도 진현우는 바로 죽지 않고 그 자리에서 고통 속에 뒹굴었다. 어보미네이션의 생명력이 그를 연명시키고 있었다.

"그래서 넌 김인규를 죽였지?"

진현우의 목에 꽂힌 비수의 손잡이를 붙잡으며 유곽희는 말했다.

"줄곧 네게 이 말을 꼭 한번 해주고 싶었어. 현우야……"

유곽희는 한숨을 한 번 푹 내쉰 후, 말했다.

"뒈져."

유곽희가 비수를 잡고 오른쪽으로 힘차게 비틀자 진현우의 목이 끊어져 나갔다. 그는 그대로 절명했다.

"그거 곧 되살아날 거야."

김인수는 지적했다.

"아, 그렇군요. 이번이 마지막이로군요."

오른손에는 비수, 왼손에는 진현우의 머리통을 든 채 유곽희는 화사하게 웃었다.

"한 번 더 죽일 수 있겠군요."

*   *   *

되살아난 진현우는 저항했다. 죽음의 고통을 한 번 더 느끼기는 싫었든지, 마지막 목숨은 역시 아까웠는지 필사적으로 저항했다. 사랑한다던 말은 거짓이기라도 했듯, 손톱과 발톱, 이빨을 유곽희를 향해 상처 입은 야수처럼 죽일 듯이 휘둘러 대었다.

저항하는 진현우는 아가임이 손쉽게 제압했다. 유곽희는 제압당한 진현우를 난자했다. 온몸의 힘줄을 다 끊어낸 후에

나 아가임은 진현우를 놓아주었고, 유곽희는 마지막으로 다시 한 번 진현우의 목을 잘라 끝냈다.

그 시종일관을 지켜본 김인수는 한 줄 평을 남겼다.

"마음에 드는군."

김인수는 굴러다니는 진현우의 머리를 툭 차서 시체의 목 부분에 얹었지만, 더 이상 진현우는 되살아나지 않았다. 당연했다. 세 개의 목숨을 다 잃으면 어보미네이션도 죽는다. 진현우도 그 법칙에서 벗어날 수는 없었다.

"직접 '진짜' 진현우를 죽일 수 없었던 건 역시 마음에 좀 남네요. 줄곧 죽이고 싶었는데……."

진현우의 마지막 숨통을 끊은 후, 유곽희는 말했다.

"뭐, 그래도 가짜라도 이런 식으로라도 죽일 수 있어서 다행이라고 생각합니다. 선물 감사합니다, 에스파다 도 오르덴."

물론 '진짜' 진현우를 죽인 건 김인수다. 그 건에 대해서 유곽희에게 미안하다고는 생각되지 않았다.

혼자서 멋대로 김인규에게 반하고, 인규가 죽은 후 멋대로 복수를 결심한 유곽희는 기특하기는 하지만 복수를 양보해야 한다고는 전혀 생각하지 않는다.

복수에 관해서는 어디까지나 친족인 김인수에게 우선권이 있으니까.

하지만 아직 자신이 김인수라는 걸 밝힐 생각이 없는 그는 그런 이야기를 꺼내지는 않았다.

"그래."

그렇게 짤막하게 대꾸했을 뿐이었다.

"제 이런 행위를 마음에 든다고 표현하셨죠? 왜죠?"

유곽희는 피투성이가 된 자신의 양손을 내려다보며 말했다.

"어보미네이션은 차원 너머의 존재다. 이 차원에 있어봐야 질서를 해칠 뿐이지. 처치하는 것이 맞다. 넌 옳은 일을 했어."

김인수는 태연히 에스파다 도 오르덴으로서 말했다.

"너는 차원 질서에 공헌했다. 그게 마음에 든다고 말한 거다."

"그렇군요."

유곽희는 납득한 듯 고개를 끄덕였다.

"내 맘에 들든, 안 들든 그런 건 별로 상관은 없어. 진남과 진현우는 그냥 내가 멋대로 준 선물이니 그에 대한 대가는 받지 않도록 하지. 하지만 진가충과 진가염에 대해서는 대가를 치러줘야겠어."

"진가염… 이라고 말씀하셨어요?"

유곽희의 눈이 반짝였다.

"그래. 진가충을 대신 죽여주는 대가로 넌 차원 균열을 하나 닫아주기로 했지. 뭐, 닫는 건 네가 아니라 저 남자였겠지만……. 진가염을 추가한 이상, 조건을 더 달아야겠어."

김인수는 되도록 차가운 목소리로 말하려고 노력했다. 왜냐하면 이 거래는 거의 일방적으로 김인수만 이득인 거래였기 때문이었다.

"차원 균열은 닫을 필요 없어. 그거야 내가 닫으면 되니까. 내가 훨씬 쉽고 간단하게 닫을 수 있으니 너희한테 맡기는 것보다야 효율이 좋지. 대신 너흰 내가 못 하는 걸 해줘야겠어."

"그게 뭐죠?"

"언론이다. 정보 관제를 풀어줘야겠어."

그냥 진가충을 죽여 없앴다고 정보 관제가 완전히 풀린 건 아니다. 진가충이 각 언론사에 먹여놓은 돈은 아직도 제구실을 하고 있었으니까. 더욱이 진가충의 존재가 없어졌다 한들, 언론이 어떤 방향으로 구를지는 예상이 가능했다.

돈이 되는 쪽으로, 자극적인 쪽으로 굴러갈 터였다.

뇌물을 먹여 회유한다는 건 돈만 갖고 되는 건 아니다. 그 뇌물을 준 사실 자체를 족쇄로 만들어 약점으로 잡을 수 없으면 그냥 준 뇌물만 먹히고 끝날 뿐이다. 그렇기에 지구에서의 기반이 아직 미약한 김인수는 언론을 휘어잡을 수 없다.

하지만 유곽희는 다르다. 그녀의 아버지인 유연학이 있으니까. 진가충이 죽어버린 이상, WFF의 사장직은 대행직에 앉아있던 유연학이 그대로 앉을 가능성이 매우 컸다. 그리고 그 권력은 유곽희가 그저 유연학의 딸이라는 이유만으로도 이용이 가능했다.

진가충이 죽음으로써 공백이 생긴 정보 관제를 유곽희가 그대로 꿰찰 수 있다는 뜻이다.

　물론 오래는 가지 않을 것이다. WF에 부정적인 소식을 흘리는 이상, 본사와 진씨 가문에서 곧 진가충의 후임을 마련할 테니까. 그러니 유곽희는 공백으로 인한 잠시 동안의 혼란을 최대한 활용한다는 형태를 띠게 될 것이다.

　"알겠습니다."

　유곽희는 오래 생각하지 않고 대답했다. 자신이 할 수 있는 것이라고 이미 계산이 섰기 때문에 대답할 수 있는 것일 터였다.

　"어떤 걸 선전하면 될까요?"

　"진실을."

　김인수는 말했다.

　"사람이 어보미네이션으로 변할 수 있다는 걸 밝혀. 계약으로 어벤저가 될 수 있다는 것도 말이야. 계약을 잘못하면 어보미네이션으로 변하게 된다는 것도, 계약마들이 나타나는 조건에 대해서도 되도록 상세하게."

　"…사회가 혼란에 빠져들 거예요. 질서와는 거리가 있지 않을까요?"

　유곽희의 되물음에 김인수는 웃었다. 어차피 철 가면 아래에 가려져 보이지도 않겠지만, 웃긴 걸 일부러 웃지 않을 이유는 없다.

"내가 지키는 건 차원 질서야. 사회의 질서와는 상관없어."

김인수의 대답을 들은 유곽희가 놀라 눈을 크게 떴다.

"애초에 이 차원은 너무 약해. 어벤저 숫자가 절대적으로 지나치게 적어. 왜 군대가 어보미네이션과 싸우고 있나? 군대로는 차원 균열을 못 닫아. 균형이 맞질 않다고."

초기에 차원 균열 사태에 대응했던 미군들은 꽤 열심히 한 편이다. 하지만 지금 지구인들은 더 이상 차원 균열 너머로의 침공에 관심이 없다.

"장기적으로는 이대로 그냥 두면 지구 전체가 헬필드로 휩싸일 거고, 그렇게 되면 현대 기술은 모두 쇠퇴해서 지구에는 또 다시 암흑시대가 도래할 거다."

"그런……."

"내 말이 과장처럼 들리나?"

"…아뇨."

한참 동안 생각하던 유곽희는 결국 고개를 저었다. 헬필드가 줄어들지 않고 늘기만 한다면, 언젠가는 그런 날이 찾아오리라는 결론을 내린 것이리라. 누군가가 차원 균열을 닫지 않는 이상, 당연한 거였다.

"그렇게 되면 엄청난 혼돈이 도래하겠군요."

"그래, 엄청난 혼돈이 도래하겠지. 그냥 사람이 어보미네이션이 될 수도 있다는 걸 알리는 것보다 훨씬 큰 혼돈이. 그래서 그깟 사회 질서보다 차원 질서가 중요하다고 하는 거야. 거시적으로 봐야지."

"알겠습니다."

유곽희는 김인수의 말에 납득한 듯 고개를 끄덕였다.

*   *   *

세상은 진가충의 죽음으로 떠들썩했다.

흥미롭게도 진가충이 죽자 WFF의 주가는 대폭 상승했으며, WF의 주가에도 영향을 미쳤다. 적어도 투자자들은 유연학을 진가충보다 높이 평가하고 있음을 알 수 있는 부분이었다. 하긴 진가충이 취임한 후에 보여준 행보를 보면 당연하다고 할 수 있었다.

더불어 박기범에 대한 내용도 대대적으로 다뤄졌다. 박기범의 부모가 박기범의 말대로 실종되었다는 것도 작게나마 보도가 나왔다. 하지만 그건 소수였고, 박기범은 용서할 수 없는 테러리스트이자 범죄자로 소개되었다. 이번에는 정보 관제가 들어가 있지 않았음을 감안한다면, 기본적으로는 자본의 편을 드는 언론의 속성이 잘 드러났다고도 볼 수 있었다.

그럼에도 불구하고 이 사건이 대중들에게 미친 영향은 지대했다. 박기범이 생방송 카메라에다 대고 한 연설이 문제가 되었다. 대통령 선거를 두 달가량 남겨둔 시점에서 터진 '계급제' 논란은 인터넷을 뜨겁게 달궜다. 당연히 사람을 죽여도 처벌받지 않는 높으신 분들과 일반인들 사이에 선이 그였다.

그 와중에 박기범이 높으신 분들 중 하나의 목에다 식칼을 처박은 영웅으로 떠받들어지는 건 김인수를 꽤 불쾌하게 만들었다.

―식칼을 들어라!
―식칼을 높으신 분들의 배때지에 처박아라!!

그것이 대중을 위험하게 달구고 있는 새로운 구호였다. 지나치게 폭력적인 구호가 아닌가 싶지만, 어디 계급투쟁이 폭력적이지 않았던 때가 있던가. 아직까지는 행동으로 이어지지 않았지만, 따지고 보자면 이미 박기범이 행동에 옮긴 직후인 터라 후속 사건을 염려할 수밖에 없었다.

이에 대한 경찰들의 조치는 인터넷 여론에 기름을 부었다. 인터넷에 식칼 구호를 외치고, 식칼 아이콘을 다는 트위터 유저들이 구속되기 시작했다. 대선을 앞둔 이런 때에 경찰의 과잉 대응은 오히려 반감을 크게 일으켰다. 인터넷 여론은 오히려 더욱 과격해졌다.

―높으신 분들은 사람을 죽여도 괜찮고 우린 식칼만 입에 담아도 구속이냐!

이 한 문장이 계급제를 실체화시켰다. 차별은 실재한다고 사람들이 믿게 만들었다. 결국 트위터 사용자를 중심으로 시위 일정이 잡혔다. 이 와중에 경찰청장은 시위 참가자들을 모조리 구속하겠다는 트윗을 올려 국제적인 비난을 받기도 했다.

이게 모두 하루 만에 일어난 일이었다.

그리고 거기에 추가로 폭탄이 떨어졌다.

인간의 어보미네이션화에 관한 다큐멘터리가 TV 지상파로 방영되고 인터넷에도 무료로 공개되었다. 하루 만에 그런 게 뚝딱 만들어지냐면, 물론 그럴 리 없었다. 이미 방송사에서 제작했지만 방영이 반려되어 있던 영상물을 그냥 꺼내다 튼 것뿐이었다.

파장은 심대했다.

"사람이 어보미네이션으로 변할 수 있다는 게 정말이야?"

"인터넷 괴담이 사실이었단 말이야?"

"어디 무서워서 사람 많은 데 가겠냐?"

편의점에 달걀을 사러만 가도 이런 대화가 들리기에 이르렀다.

—우리 시위를 방해하기 위한 경찰의 헛소문입니다! 속지 마십시오!!

그런 트윗도 완전히 무색했다. 아주 오랫동안 창고 안에서 썩고 있던 다큐멘터리의 영상은 아주 잘 만들어져 있었고, 설득력이 있었다. 사람들이 믿고 싶어 하지 않던 진실을 믿도록 만들기에 충분한 내용이었다.

이제는 사람들에게 중요한 건 계급투쟁보다도 나 자신의 안위였다. 사람이 많이 모여드는 시위 같은 걸 참가하는 것보다는 집과 사무실에 틀어박히는 걸 택했다. 결국 아무도 참여하려고 하지 않는 시위는 무산되었다.

"이거면 됐어."

김인수는 한숨을 내쉬었다. 안도의 한숨이었다.

박기범의 행동으로 인해 아주 일부의 사람이 격앙된 반응을 보일 건 예상한 바였다. 그게 백 명이든, 천 명이든 모이면 시위가 되고, 그게 폭력 시위로 번질 가능성은 매우 높았다. 그것 자체는 별 상관이 없었다.

하지만 지금 2020년대의 서울은 어벤저가 존재한다. 그 폭력 시위에 어벤저가 가담한다고 하면 반대쪽에서도 어벤저가 나올 것이 뻔했다. 그러면 판은 점점 커질 것이고, 내전으로까지 번질 가능성마저 있었다.

그리고 승리자는 지금 시점에서는 보나마나 더 많은 어벤저를 보유한 국가와 기업 측이 될 터였다. 어벤저 간의 폭력 사태로 번진 이상 시위라는 말은 통하지 않을 것이고, 국가의 무력 제압은 정당화될 것이다.

그 끝이 별로 좋지는 않으리라는 건 김인수 입장에서는 확신에 가까웠다.

그나마 이 나라에서는 아직까지는 민주주의가 통용되고 있다. 그렇다면 민주주의를 이용하는 것이 민중에게는 더 나았다. '적'들이 최소한도의 약속마저 어기려고 할 때, 주먹을 쥐고 일어나도 늦지 않을 터였다.

"아니, 그냥 나 때문에 피가 흐르면 기분 나쁘니까."

김인수는 픽 웃으면서 그런 혼잣말을 했다.

어쨌든 사람들의 가슴속에 자리 잡은, 시위로 인해 발산되지 않은 불쾌감은 남은 채일 것이다. 그걸 사람들이 어떻게 토해내느냐는 각자의 선택에 달려 있을 것이다.

*   *   *

거리에는 사람이 거의 없었다. 다들 극단적으로 외출을 꺼리고 있는 것이다. 그런 파장이 있었는지 하루밖에 지나지 않았다. 어찌 보면 당연했다.

"중국과 러시아가 한국 정부에게 항의를 한 모양이더군."

"그런 다큐멘터리를 왜 틀었냐고요? 뭐, 그럴 만도 하죠."

"미국은 어때?"

"침묵하고 있어요."

"뭐, 정의의 국가니, 뭐니 평소부터 떠들고 있었으니 이런 걸로 항의하긴 힘들겠지."

각국에선 한국에 외교적인 제스처를 취하긴 했지만, 어제 공개된 다큐멘터리로 인한 세계적인 파장은 사실 그리 크지는 않았다.

차원 균열 관련 기술로는 둘째가라면 서러울 선진국인 한국이지만, 세계적으로 유명한 건 WF지 코리아가 아니었다. 그것도 언론 수준이 OECD 기준으로 밑바닥에서 세는 게 더 빠른 2020년대의 한국 언론에서 떠드는 기사를 일일이 번역해서 커뮤니티에 돌리거나 하지는 않았다.

오히려 기사는 이런 식으로 나왔다.

한국, 자국 내 혼란을 막기 위해 페이크 다큐멘터리 제작 방영.

이런 기사 제목이 월드 토픽으로 떠서 사람들의 웃음거리가 될 정도였다.

그 예의 다큐멘터리의 영상이 가지는 설득력은 충분했지만, 외국인들에게 있어서도 이건 '믿고 싶지 않은 진실'이었다. 한국어 나레이션은 번역이나 통역되지 않았으며, 애초에 처음부터 페이크 다큐멘터리라는 인식을 가지고 봤으니 리얼하다며 박수 치고, 웃고 끝났다.

아니, 그 다큐멘터리를 일부러 찾아서 보는 사람 자체가 드물었다. 인터넷에 공개되었다고는 하지만 한국에 국한된 공개 영상이었고 외국에서 보려면 우회를 해야 했다.

물론 모든 사람이 그랬던 건 아니다. 각국의 어벤저 네트워크는 시끌시끌했다. 음모론을 다루는 소형 커뮤니티도 간만에 불길에 휩싸였다.

하지만 그게 대다수는 아니었고, 그렇기에 세상은 하루아침에 바뀌거나 하지는 않았다.

"뭐, 이러니저러니 해도 우리도 출근했잖아?"

"출근길도 막혔죠. 버스에 사람도 꽉꽉 찼고요."

설령 전쟁이 난다 한들 포탄이 서울에 떨어지지 않는 이상 사람들은 호구지책을 위해 출근길에 나선다. 쓸데없이 돌아다니는 사람들이 줄어들었을 뿐, 사람들의 일상까지 무너지지는 않았다.

"나는… 세상이 뭔가 더 확 바뀔 줄 알았어."

"선배가 쓴 기사 한 줄로요?"

"비웃는 거냐, 너?"

"네."

여자는 깔깔 웃었다. 그녀의 직업은 기자다. 대화 상대인 선배 또한 기자였다. 두 사람은 신문사 빌딩 안에서 사람 없는 광화문 거리를 내려다보고 있었다.

만약 그 어보미네이션 다큐멘터리가 없었더라면 지금쯤 저

곳은 시위대로 가득 차 있었을지도 모른다.

여자는 그런 생각을 했다.

모든 게 다 마음에 들지 않았다. 자신의 기사를 몇 번이고 도중에 커트하는 편집장도, 지금은 자신의 앞에서 웃고는 있지만 자기가 뭐만 쓰면 작작하라고 화내는 이 선배도.

'뭐, 존경이야 하지만.'

어제 이 선배가 쓴 기사는 명문이었다. 다소 선동적이기는 했지만 설득력이 있었고, 힘이 있었다. 여자는 정말로 이 기사를 읽은 사람들이 거리로 몰려나올 거라고 생각했었다.

하지만 실제로는 그런 일은 일어나지 않았다.

"펜으로 세상을 바꾸는 건 프랑스 혁명이 마지막이었어요, 선배."

"엄청 오래전으로 돌아가네. 200년 전 아냐?"

"게다가 그 펜은 거짓말을 써댔죠. 앙투아네트가 불쌍해요."

사실은 세상을 바꾸고 싶은 건 자신인 주제에 여자는 그런 소릴 했다.

"그래, 뭐, 그렇지."

그래서 여자는 그렇게 쉽게 인정하는 선배한테 화가 났다. 하지만 화를 내면 그런 자신을 인정하는 것 같아서 그녀는 입술을 깨물고 참았다. 그런 그녀의 내심을 아는지, 모르는지 선배는 한숨을 푹 내쉬고 창문에서 등을 돌려 자신의 책상으로 향했다.

"돌아가서 일이나 하자고. 후속 기사를 써야 해."

"후속 기사요?"

"그래, '섹시한 여자 연예인 TOP 10' 후속 기사. 상위권 연예인들 시술 목록을 정리하고 은근슬쩍 WF 계열 피부과를 언급해 줘야지."

"아, 하."

여자의 입에서 마른 웃음이 흘러나왔다. 선배가 쓰려고 하는 기사는 흔히 말하는 '스폰' 기사였다. 기사를 쓰는 것만으로도 돈이 들어오는 기사. 이런 게 그들이 평소에 쓰는 기사였다.

축제는 끝났다. 이게 일상이다. 그녀도 잘 알고 있었다.

*   *   *

세상에는 이렇게 파란이 일고 있었지만 현오준 길드는 그 사실을 몰랐다. 요 사흘간 계속 웬디의 차원 세포에 틀어박혀 훈련 중이었으니 당연했다. 전파는 물론이고 유선전화조차 안 터지는 곳이니 TV고, 뭐고 바깥세상의 소식을 아예 접할 수 있을 리가 없었다.

"스승님, 오셨어요?"

"아, 사흘만이로군요. 반갑습니다."

오연화와 현오준이 최재철의 등장을 가장 먼저 발견하고 반겼다. 최재철은 바깥에서 김인수, 정확히는 에스파다 도 오르덴으로서 활동하느라 이제껏 지구에 있었다. 그건 현오준 길드의 길드원들도 다 잘 알고 있었다.

그가 자리를 비우고 있는 동안, 최재철은 길드원들에게 어떤 과제를 내준 상태였다.

"아, 선생님! 보세요!!"

이지희가 확 밝아진 목소리로 말했다.

"말씀하신 장비를 모두 마련했어요!!"

이지희는 원래 갖고 있던 단검에 흉갑, 바지, 부츠, 장갑을 추가로 웬디로부터 구매했다. 물론 그 대가는 어보미네이션의 시체다.

최재철이 현오준 팀에게 요 사흘간 내린 훈련 내용이 바로 이것이었다. 웬디로부터 퀘스트를 받아서 장비 일체를 직접 마련할 것. 그리고 이지희는 최재철이 내준 과제를 모두 완수해내서 그런 건지 표정이 밝았다.

"그래, 잘 했다."

"벌써 사흘이 지났었다니……. 먼저 다한 사람들이 좀 도와줬으면 저도 됐을 텐데!"

구문효가 툴툴거렸다. 하는 말을 들어보니 그는 과제를 달성하는 데 실패한 모양이었다.

"선생님이 그러지 말라고 했었잖아, 사제."

오연화가 키득키득거리며 말했다. 그녀도 지정한 모든 장비를 구매하는 데 성공해서 다 장비하고 있었다. 그건 그렇고, 구문효에게 하는 언행이 꽤나 격의 없어진 걸 보니 차원 세포에서의 공동생활을 하면서 그럭저럭 친해지긴 한 모양이었다.

"과제 난이도 자체는 네가 제일 높았는데, 잘 해낸 것 같구나. 잘했다, 연화야."

"네, 헤헤."

최재철의 칭찬에 오연화는 쑥스러워진 건지 뒷머리를 긁으며 웃었다.

"그래도 구문효 씨는 세 파트의 구입에 성공하셨잖습니까. 앞으로 한 파트만 더 구입하시면 됩니다. 그에 비해 저는……."

현오준은 어두운 표정으로 구문효를 위로했다. 그러자 구문효가 발끈했다.

"길드장님은 성공하셨잖아요!"

"그야 성공했습니다만."

현오준은 태연히 대꾸했다.

"그런 식으로 놀리기 있어요?!"

"있습니다만."

어쨌든 현오준도 과제 달성에 성공한 듯 보였다. 결국 과제 달성에 실패한 건 구문효뿐이라는 이야기가 된다. 최재철은 후, 하고 한 번 웃은 후 차원 금고에서 저장해 두었던 어보미네이션 시체를 꺼내 땅바닥에 던졌다.

"웬디, 문효에게도 약속한 물건을 내어주도록 해. 거스름돈은 가지고."

[감사합니다, 폐하.]

웬디는 공손히 최재철에게 고개를 숙여보였다. 그 직후, 구문효의 눈앞에 장갑이 한 벌 나타났다. 구문효가 그걸 얼른 받아들자 최재철은 웃어보였다.

"그걸로 과제는 해결한 셈 쳐. 그보다는 함께 과제를 해나가면서 네 사저들과 친해지는 게 네 진짜 과제였는데 그건 해결된 모양이니, 됐어."

"그런 거였어요?"

오연화가 눈을 크게 뜨며 물었다.

"그래. 이런 건 내가 친하게 지내라고 한다고 정말로 친하게 지내지는 건 아니니까."

"하긴, 그렇죠."

오연화는 납득한 듯 고개를 끄덕였다.

"그럼 일단 나가시죠. 너무 오래 여기서만 있으면 그것도 나름 안 좋습니다."

최재철이 현오준에게 그렇게 제안하자, 현오준은 고개를 끄덕였다.

        ＊   ＊   ＊

최재철은 길드원들이 차원 세포에 있었던 동안 일어난 일들을 길드원들에게 이야기했다. 물론 김인수의 이야기는 빼고, 에스파다 도 오르덴의 이야기는 전부 이야기했다. 길드원들을 믿지 못하는 것은 아니지만, 만약 복수를 실패했을 때의 변수를 생각하자면 되도록 신중하게 가는 것이 나았다.

"생각보다 큰일에 휘말린 거 같군요."

현오준이 웃는 얼굴로 말했다.

"우리가 훈련 중일 때 스승님은 실전 중이었다, 이거군요."

"아니, 그거야 전부터 그랬지."

오연화가 한쪽 뺨을 있는 대로 부풀리며 한 말에 최재철은 손을 내저었다.

"하지만 이제부터는 좀 도와줬으면 좋겠어."

"뭐든지요!"

오연화가 과하게 적극적으로 대답했다.

"아까도 말한 것 같지만 나는 유곽회에게서 진가염을 암살하라는 임무를 떠맡았어."

오연화의 표정이 굳었다. 암살 이야기가 나오니 역시 좀 꺼려지는 모양이었다. 어차피 최재철도 미성년자인 그녀에게 사람의 피를 묻힐 일은 가급적 시키지 않을 생각이었다.

"오해하지 마. 암살은 나 혼자 할 거야. 도움을 줬으면 하는 부분은 다른 부분이야."

"백업인가요?"

"그렇습니다, 길드장님."

진가충과 달리 진가염은 경호에 꽤 신경을 쓰고 있었다. 그야 진씨 가문의 적장자이자 WF의 후계자이니 당연하다면 당연하지만, 그 동생은 그냥 내팽개쳐져 있었던 걸 생각하면 역시 좀 미묘한 기분이 든다.

"유곽희에게서 들은 정보로는 그 경호 병력은 나 혼자서도 충분히 처리할 수 있을 것 같아. 하지만 만약의 일이라는 게 있지. 그 만약의 사태에 대비해 줬으면 좋겠어."

"과연, 저희가 지난 사흘간 파밍한 아이템이 방어력 위주였던 건 그런 이유였던 거로군요!"

"파밍? 농사? 아, 그렇게 표현할 수도 있겠군. 그래, 맞아."

최재철의 반응에 오연화는 '설마 이것도 모를 줄이야' 하는 표정을 지었다. 모를 수도 있지. 최재철은 커흠, 하고 목소리를 한 번 다듬고 다시 이야기를 시작했다.

"뭐, 어쨌든 작전 개시까지는 시간이 좀 남아 있으니 마련해 둔 장비들에 익숙해지는 시간을 좀 가지는 게 좋을 거야. 지금까지 웬디의 차원 세포에서 활용을 해왔겠지만, 지구에서 사용하는 건 또 좀 다르니까 말이야."

그렇게 이야기를 마친 그는 차원 금고를 열어 또 다른 장비들을 꺼냈다.

"이것도 포함해서."

그것들은 철 가면이었다. 에스파다 도 오르덴의 가면들.

"오, 이건……."

현오준은 감격한 듯 가면을 받아들었다.

"이걸로 저도 에스파다 도 오르덴이 되는 건가요? 어린 시절에 울트라맨 가면을 산 적이 있지만 그때와는 느낌이 좀 다르군요!"

"굳이 말하자면 에스파다스 도 오르덴 아닙니까?"

구문효도 얼른 가면을 받아다 쓰며 말했다. 그가 가면을 쓰자 호리호리했던 그의 체격이 갑자기 건장해졌다.

"오! 어?"

"체격 변화와 목소리 변화 기능도 있어. 그걸 쓰고 있으면 정체를 들키진 않을 거야. 뭐… 벗겨져 버리면 그걸로 끝이지만."

사실 조금 전에 웬디에게 또 다른 어보미네이션의 시체를 먹여서 체격 변화와 목소리 변조 기능도 덧붙여 두었다. 말하자면 김인수가 지금 사용하고 있는 아티팩트인 반지 운반자의 팔찌의 열화판이라고 할 수 있었다.

"와, 신기하네요!"

오연화도 가면을 썼다. 그러자 그녀의 키가 쭉 커지면서 가슴도 커졌다.

"우와?! 선생님, 이런 취향이셨어요?"

거울을 보면서 커진 자신의 가슴을 만지려고 애쓰면서 오연화가 평소와는 다른 섹시한 목소리로 놀리듯 말했다.

"그거 환상이라서 안 만져져. 그리고 그 가면은 네 무의식에서 네가 원하는 체격을 불러오는 거란다, 연화야."

"윽?!"

철 가면에 가려져 있긴 하지만 그녀의 얼굴이 온통 붉어졌을 건 최재철에게도 훤히 보였다.

"음, 그렇게 말씀하시니까 쓰기 좀 부끄러운데요."

이지희도 철 가면을 조심스럽게 받아들며 말했다.

"그런 게 어디 있어, 언니! 언니도 얼른 써!!"

"그래야 되나?"

"그래야 해!"

머뭇거리면서도 이지희도 결국 가면을 썼다.

"여자들은 결국 자기 가슴이 커지길 원하는군요."

현오준이 고개를 끄덕이며 말했다.

"그야 아이돌이라면 이것만 있어도 꽤나 벌어들일 수 있으니까요, 하하……."

철 가면 너머로 이지희의 마른 목소리가 들렸다. 이젠 딱히 아이돌이 되고 싶지도 않은 주제에. 물론 최재철은 일일이 자신의 생각을 입 밖에 내는 타입의 남자는 아니었다.

"자, 그럼 가면을 쓴 채로 훈련을 시작하자."

＊　　　　＊　　　　＊

훈련 내용은 최재철 대 현오준, 오연화, 구문효, 이지희, 4 대 1의 대련이었다.

처음에는 일방적으로 밀린 4명이었지만, 각자의 아티팩트 활용에 익숙해지고 서로간의 스킬 연계에도 조밀해지기 시작하면서 점차 대등해지기 시작했다.

훈련의 결과는 만족스러웠다. 결국 마지막까지 최재철을 제압하지는 못했지만, 이로써 이제 이 4명은 합쳐놓으면 김인수 한 명 정도의 역할은 할 수 있을 것으로 보였다.

이런 팀이 WF에도 존재한다면? 이 걱정이 그동안 김인수가 대놓고 WF에 쳐들어가지 못한 채 자신의 정체를 숨기고 최재철과 에스파다 도 오르덴으로서 암약한 이유였다.

일단 유곽희의 정보로는 WF에 현오준 길드 정도의 실력과 팀웍을 갖춘 팀은 존재하지 않는다고 한다. 하지만 유곽희라고 WF의 모든 걸 알고 있는 것은 아니다. 이러니저러니 해도 그녀는 WF에게 있어서 외부인이니까.

그렇게 만약의 만약까지 대비한 결과물이 바로 아티팩트까지 장비한 현오준 길드였다. 욕심을 부리자면 더 철저하게 대비를 하고 싶었지만, 그건 말 그대로 욕심일 뿐이다. 지금 필요한 전력을 당장 동원할 수 있는 것만으로도 충분히 대비한 셈이다.

'더군다나 원래는 이 정도 전력도 필요 없으니까.'

유곽희와 약속한 시각은 오늘 저녁 시간쯤이었다. 진가염은 유곽희와 만날 것이고, 그 장소를 에스파다 도 오르덴이 덮치는 형태가 된다. 두 사람의 만남은 비밀 회합에 가까운지라 WF에서도 이 회합에 대해 아는 사람은 얼마 없을 거라고 유곽희는 말했다.

"그런데 만나서 뭘 하는 거야?"

"아마도 이번 일에 대한 문책을 받게 되겠죠."

유곽희는 태연스레 대답했다.

"늦게 오시면 저 죽어 있을지도 몰라요."

유곽희야 죽든, 말든 김인수와는 크게 상관이 없지만 진가염을 암살할 기회를 놓치는 건 아쉬웠다. 이번에 진가염을 암살해도 WF에서 다시 되살릴 가능성이 높았지만, 그래도 은거해 버린 진가규 대신 WF 그룹 전체를 이끌고 있는 진가염을 잠시라도 무대에서 퇴장시킬 수 있다면 김인수 입장에서는 WF에게 큰 타격을 입힐 꽤 괜찮은 기회를 만들어낼 수 있을 것이다.

'물론 진가염을 죽인다는 행위 자체에도 의미가 있지.'

진가규나 진현우와는 달리 진가염은 김인수의 가족들과 직접적인 악연은 없지만, 김인수는 모든 진씨 일가를 복수의 대상으로 설정했다. 그러므로 진가염을 죽인다는 것 자체가 김인수의 궁극적인 복수에 포함되어 있다.

"자, 그럼 죽이러 갈까."

김인수는 에스파다 도 오르텐의 가면을 썼다. 그가 움직인 시각은 예정된 시각과 딱 맞아떨어져 있었다. 현오준 길드의 길드원들은 차원 금고 속에 대기시킨 상태다. 모든 게 완벽했다. 지금까지는 말이다.

*　　　　*　　　　*

WF 소유의 고급 호텔 최상층 스위트룸. 그곳이 약속 장소로 지정된 곳이었다. 물론 호텔에는 기본적으로 경비원이 있고 대기하는 가드맨들도 있지만, 그들이 어벤저가 아닌 이상 침입은 매우 쉬운 일이었다. 존재감을 숨기고 뚜벅뚜벅 걸어가는 것만으로도 충분했다.

엘리베이터를 탈까, 계단을 오를까 잠깐 고민했지만 그냥 엘리베이터에 탑승하기로 했다. 마침 스위트룸 전용 엘리베이터가 따로 있었다. 엘리베이터에는 당연하다는 듯이 CCTV가 설치되어 있었다. 물론 CCTV는 그의 모습을 비추지 못한다. 별 의미는 없었다.

목적한 최상층에 도달했다. 스위트룸은 최상층 전부였고, 그 문 앞을 두 명의 A급 어벤저가 지키고 서 있었다.

엘리베이터 문이 열렸는데 그 안에 아무도 없자 그들은 약간 놀란 기색이었다. 김인수가 자신의 아티팩트인 반지 운반자의 팔찌를 이용해 존재감을 숨긴 모습을 간파하지 못한다는 증거였다.

그렇다면 이 둘은 김인수의 상대가 아니다. 김인수는 별 고민도 하지 않고 염동력으로 두 사람의 목을 잡고 들어 올려 그대로 경동맥을 압박해 실신시켰다.

그 직후, 그는 진홍왕의 유물에 차원력을 밀어 넣었다. 그러자 아티팩트가 효과를 발휘했다. 이제부터 일어나는 일들에 대해 저 스위트룸 안에 있었던 이들은 기억하지 못할 것이다.

문은 잠겨 있었다. 어차피 선전포고는 진홍왕의 유물로 이미 한 터였다. 잠입할 생각은 이미 버렸다. 김인수는 바로 문을 박살 내었다.

호텔 방의 그리 넓지는 않은 현관에서 네 명의 어벤저가 김인수를 향해 뛰어왔다. 그들도 김인수를 발견하지는 못했지만 행동은 조금 더 나았다. 그들은 즉시 총을 빼들고 발사했다.

탕탕탕탕! 상대가 투명 능력자인 걸 간파하고 바로 사격에 나선 건 칭찬해 줄 만한 판단력이었다. 그게 완전히 무의미하다는 행위였다는 것이 조금 아쉬울 정도로.

윽, 억, 악, 컥! 네 사람의 단말마와도 같은 외침이 스위트룸의 현관을 장식했다. 김인수가 염동력을 이용해 총알을 반사했기 때문이다. 그를 향해 날아왔던 총알들은 그대로 쏜 자들을 향해 되돌아갔다.

물론 A급이나 되는 이상, 총 좀 맞았다고 죽지는 않을 터였다. 경호원씩이나 하고 있다면 신체 강화 능력 정도는 갖추고 있을 테니. 아니나 다를까, 네 사람은 곧 자세를 다잡았다.

"그러고 보니 나는 총을 맞으면 얼마나 아픈지 모르는군. 맞아본 적이 없어서."

김인수는 짧게 웃으며 말했다. 휘리리릭하고 공기를 휘감으며 네 발의 총알이 다시 네 사람의 상처 부위에서 빠져나왔다.

"원스 모어?"

김인수는 물었지만 아무도 대답하지 못했다. 놀라서 벽 뒤로 도망치기 바빴다. 하지만 그 행동은 의미가 없었다. 퍽, 퍽, 퍽, 퍽!

"같은 장소에 총알을 두 번 맞는 고통도 나는 모르네."

김인수는 말했다. 끄으윽, 하고 고통의 신음이 대꾸 대신 나왔다. 그런 그들의 뒷통수를 염동력으로 가격해 완전히 기절

시킨 후, 김인수는 뚜벅뚜벅 안쪽으로 걸어 들어갔다. 긴 복도가 현관 너머까지 이어져 있었다.

훅, 하고 바람 소리가 들렸다. 김인수는 앞으로 뛰었다. 방금 전까지 그가 있던 장소에 섬뜩한 칼날이 떨어져 내렸다. 그가 이제껏 봐온 A급하고는 비교도 되지 않는 차원력으로 보아, 칼날의 주인은 S급으로 보였다.

"오, 이제 더 이상 존재감을 숨기고 있을 필요는 없겠군."

간파 능력자가 있는 이상, 은신에다 쓸데없이 차원력을 소모할 이유가 없다. 그가 모습을 드러내자 암습자는 눈을 크게 떴다.

"에스파다 도 오르덴!"

"그게 나의 이름일세."

쾅! 암습자는 벽에 처박혔다.

"조금은 기대했는데 이 정도 염동력에도 저항하지 못하는가."

김인수는 실망해서 투덜거렸다. 그리고 그대로 염동력을 더 강하게 주어 암습자의 몸으로 벽을 부수었다. 벽 너머에는 그가 목표로 하고 있던 인간과 그와 약속했던 인물이 있었다.

유곽희의 목을 힘껏 양손으로 조르고 있던 진가염은 쯧, 하고 한 번 혀를 차더니 그대로 유곽희를 집어던졌다. 유곽희의 몸이 한쪽 벽면에 쾅 부딪혔다. 그녀는 정신을 잃은 듯 축 늘어졌다.

'죽지는 않았군.'

김인수는 유곽희의 생존을 확인한 후 바로 신경을 껐다. 그녀에게 신경을 써주는 건 이 자리를 정리한 다음에 해도 충분했다.

"쓸모없는 것들. 침입자 하나 제대로 처리 못 하나?"

"그들을 너무 탓하지 말게. 그들은 충분히 훌륭했어."

김인수는 진가염에게 말하는 동시에 염동력 손아귀를 날렸다. 놀랍게도 진가염은 맨손으로 김인수의 염동력 손아귀를 붙잡았다.

"악수라도 하자는 건가?"

"높으신 분 같으니 내가 양손으로 잡아드려야겠군."

김인수는 태연하게 염동력 손아귀를 하나 더 날려 진가염의 손을 붙잡았다. 진가염의 동공이 살짝 커졌다. 김인수가 오른손 검자를 왼쪽에서 오른쪽으로 휙 한 번 긋자, 진가염이 오른쪽 벽에 던져져 처박혔다.

"크헉!"

"원스 모어?"

김인수가 물었다. 그 질문에 대한 대답은 다음과 같았다.

"서필지!"

"사람 이름이로군."

김인수는 그렇게 대꾸하며 그대로 정면을 향해 점멸을 사용했다. 김인수가 서 있던 자리에 어느새 검은 양복으로 몸을 감싼 인물이 나타나 있었다.

'호오.'

김인수는 속으로 감탄했다. 지구에서 이 정도의 실력자를 본 건 처음이었다. S급 7위라던 아가임도 이 정도는 아니었다.

"무장을 사용하기에 충분한 상대로군."

김인수는 차원 금고로부터 청동 검을 빼어들었다. 그가 지체 없이 청동 검을 허공에 휙 휘두르자, 10m 정도 떨어진 상태였음에도 서필지라 불린 남자의 어깻죽지가 퍽 베어져 피가 솟았다.

검기 같은 걸 날린 건 아니었다. '베었다'라는 행위의 결과를 서필지가 서 있던 공간에 적용시킨 것뿐이었다.

이 청동 검의 이름은 단념검(斷念劍). 생각만으로 사람을 벤다는 심검(心劍)을 아티팩트로 구현화한 것이다.

"대단하군!"

김인수는 감탄했다.

사실 김인수는 서필지의 팔을 아예 잘라 떨어뜨릴 생각이었다. 하지만 서필지는 자신의 차원력으로 김인수의 스킬을 봉쇄해 냈다. 그래서 어깻죽지만 베었을 뿐, 팔은 떨어져 나가지 않은 것이다.

그의 이계 제자들 중에서도 이 정도까지 해낼 수 있는 자는 많지 않았다.

김인수가 서필지에게 신경이 쏠린 틈을 타 진가염이 품속에서 슬며시 총을 꺼내고 있었지만, 김인수는 그쪽을 보지도 않고 단념검을 휙 휘둘렀다. 그러자 진가염의 허리가 퍽 잘려 몸이 두 동강났다.

"끄아아아악!"

진가염의 비명 소리가 달콤하게 들렸다. 적의 고통이 나의 행복. 복수란 이런 것이다.

"넌 보디가드 아닌가? 저자를 지켜야지."

김인수는 서필지를 조롱했다. 그러자 서필지는 무표정하게 대꾸했다.

"저분을 내가 지킬 필요는 없다."

"뭐?"

의외의 대꾸에 김인수는 얼른 시선을 돌렸다. 아니, 시선을 돌릴 필요는 없었다. 약해지던 진가염의 생명력이 다시 돌아오는 것을 그는 시선이 아닌 감각으로 알아채고 있었다. 그럼에도 그의 시선은 돌아갔다.

"나는 고통을 좋아하지."

진가염이 말했다.

"물론 타인의 고통을 더 좋아하지만 말이야."

타앙! 진가염이 든 총이 불을 뿜었다. 쳉, 하는 소리와 함께 총알이 땅바닥에 나뒹굴었다. 김인수는 어금니를 깨물었다.

진가염이 쏜 총의 총알을 염동력으로 잡아낼 수 없었다. 그래서 단념검을 휘둘러 총알을 튕겨낼 수밖에 없었다. 단념검으로도 총알은 잘리지 않았기에, 그냥 총알을 튕겨내는 것에 그쳤다. 그 탓에 귀한 청동 검에 상처가 나고 말았다.

원래대로라면 이런 일은 일어나지 않아야 했다. 단념검의 재질은 청동이긴 하지만, 차원 능력으로 단련된 특별한 검이다. 총알 정도로는 생채기도 나지 않아야 정상이다. 그런데도 단념검의 날이 상한 일어난 이유는 간단했다.

WF의 차원 기술이 김인수가 생각한 것보다 뛰어났다.

"우리가, WF가 어벤저를 그냥 돈과 권력으로만 부리는 줄 알았나? 아니, 우리보다 더 강한 자를 돈과 권력만으로 부릴 수는 없어."

진가염은 이빨을 드러내어 보이며 웃었다. 총구는 여전히 김인수를 겨누고 있었다.

"언제든 그 목을 쳐 버릴 수 있는 수단 없이 명령하기는 힘든 법이네. 그리고 이 총이 바로 그 수단이지."

김인수에게 겨누어진 총 안에 든 총알의 재질은 파멸철. 차원 능력이 통하지 않는 특성을 지닌 금속이었다. 당연히 쉽게 얻어낼 수는 없는 재질로, 틈새 차원에서도 매우 희귀한 물질이었다.

지나치게 강도가 높아서 과학 기술보다는 차원 능력의 의존도가 높은 이계에서는 아예 가공이 불가능했기에, 그냥 나무 몽둥이에 박아서 둔기로 쓰거나 원석을 슬링으로 던지는 식의 원시적인 활용밖에 하지 못했다. 하지만 WF에서는 총알로까지 가공이 가능한 모양이었다.

여기서 알 수 있는 진실은 둘.

WF는 틈새 차원까지의 탐사를 이미 꽤 깊은 곳까지 해냈고, 김인수가 있던 이계보다도 진보된 차원 균열 기술을 개발해 냈다.

김인수의 입장에서는 그야말로 최악의 소식이었다.

"흥!"

김인수는 단념검을 휘둘렀다. 그러자 진가염의 총을 든 손이 잘려 나갔다.

"후하하하!"

방금 전까지 고통의 비명을 질러대고 있던 게 그저 김인수를 방심시키기 위한 연기였던 거라고 증명하기라도 하듯, 진가염은 웃어대었다. 힘줄이 잘려 나가 움직일 수 없을 터임에도 불구하고, 총을 쥔 손의 검지가 방아쇠를 당겼다. 탕! 파멸철로 이뤄진 총알이 김인수를 노렸다.

"잠깐 당황했던 것뿐이야."

김인수는 빛처럼 움직였다. 총알을 피하는 것은 문제가 아니었다. 그의 움직임은 더 컸다. 서필지는 김인수의 움직임에 반응한 건지 놀라서 시선을 돌렸지만, 진가염은 서필지만큼의 실력은 갖추지 못한 듯 반응하지 않았다.

"권총 따위로 어벤저를 위협할 수 있다고 생각하다니, 나 원 참."

진가염의 배후에 선 김인수는 단념검을 휙 휘둘러 진가염의 목을 잘라낸 후 그 머리를 차원 금고 안에 넣었다. 머리를 잃은 목에서는 피가 분수처럼 솟아올랐다.

"초재생 능력이라니, 꽤 골치 아픈 능력을 갖고 있군. 미리 상대해 본 적이 없었다면 애 좀 먹었을 거야."

버둥거리던 진가염의 동체는 곧 움직임을 멈추고 그 자리에 털썩 쓰러졌다. 죽은 것이다. 초재생 능력자는 다른 부분은 다 순식간에 재생해 낼 수 있어도, 머리만은 재생하지 못하기에 이런 결과가 빚어졌다.

하지만 지금 김인수가 진가염의 머리를 차원 금고에서 꺼내면 그 머리를 기준점으로 재생되어 다시 살아날 것이다. 그런 의미에서는 아직 완전히 죽였다고는 볼 수 없었다.

그래도 어차피 김인수의 목적은 WF가 다시 진가염의 복제품을 만들어낼 때까지의 공백을 만들어내는 것이었으니 상관은 없었다.

진가염의 시체에서 총을 꺼내 차원 금고에 넣은 후, 김인수는 어깻죽지가 잘린 서필지를 보았다. 신체 강화 능력으로 지혈을 해서 생명에 별 지장은 없어보였지만, 아직도 제대로 움직이지 못하고 있었다.

"큭… 죽여라."

서필지는 목을 쭉 내밀어 뻗으며 말했다. 그걸 보며 김인수는 피식 웃었다.

"싫은데?"

"네놈이 날 죽이지 않아도 어차피 나는 이미 죽은 목숨이다."

"아, 그래? 그럼 자결하지그래. 난 널 그냥 버려두고 갈 거야."

그러자 서필지는 잘리지 않은 쪽의 팔을 간신히 들어 엄지를 쭉 폈다. 차원력을 엄지에다 쏟는 바람에 상처 부위의 지혈이 풀려 피가 다시 조금씩 뿜어져 나오기 시작했다. 그 엄지로 스스로의 목을 찌르려는 셈인 것처럼 보였다.

김필지의 엄지손톱 끝이 목에 딱 닿은 순간, 김인수는 그 손을 붙잡았다.

"네가 진짜로 진씨 일가에 충성하는 거라면 넌 스스로를 살리려고 했을 거다. 살아서 진가염을 되살리는 제물이 되었겠지."

"……!"

"시간을 너무 오래 끌 수는 없군. 자세한 이야기는 나중에 듣지."

김인수는 서필지를 덥석 붙잡아서 차원 금고에 밀어 넣었다. 서필지는 별로 저항하지 않았다. 목이 부러진 채 벽에 처박혀 기절해 있던 유곽희도 회수한 후, 김인수는 한번 주변을 살폈다.

"아가임은 여기 없는 모양이로군."

벽 너머를 살펴봐도 아가임으로 보이는 차원력 덩어리는 보이지 않았다. 그렇다면 더 이상 여기 머물 이유가 없다. 암살은 이미 성공했다. 몸을 뺄 타이밍이었다.

초시공의 팔찌로 연 포탈로 그는 몸을 던졌다. 돌아가기 전이 장소의 기억을 지워두는 것도 잊지 않았다. 장소의 기억을 읽어내는 비전 능력을 쓸 줄 아는 차원 능력자가 온들, 여기서 무슨 일이 있었는지는 알아낼 수 없을 것이다.

『귀환해서 복수한다』 5권에 계속…

초대형 24시 만화방

신간 100%, 샤워실, 흡연실, 수면실(침대석), 커플석, 세탁기 완비

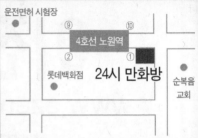
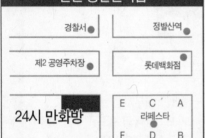
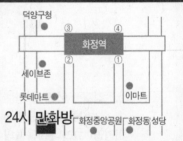
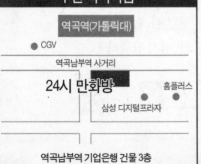
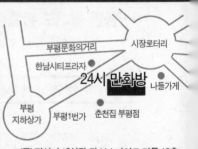

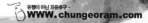

강준현 장편소설
FUSION FANTASTIC STORY

인생을 바꿔라

『복수의 길』, 『개척자』 강준현 작가의
2016년 신작!

자신이 무엇인지 알지 못하는 정신체, 염.
세상을 떠돌며 사람의 몸속으로 들어가
에너지를 얻고 나오길 반복하던 어느 날.

사고로 인한 하반신 마비, 애인의 이별 선언,
삶에 지쳐 자살하려는 김철의 몸에 들어가게 되는데……

"뭐, 뭐야! 아직도 못 벗어났단 말이야?"

새로운 삶을 살리라,
정처 없이 떠돌던 그의 인생 개척이 시작된다!

"어떤 삶인지 궁금하다고? 그럼 한번 따라와 봐."

박선우 장편소설
FUSION FANTASTIC STORY
Wonderful Life

멋진 인생

태어나며 손에 쥔 것이라고는 가난뿐.

그러나 내게는 온몸을 불사를 열정과
목숨처럼 소중한 사랑이 있었다.

『멋진 인생』

모두가 우러러보는 최고의 직장이자 가장 치열한 전쟁터,
천하그룹!

승진에 삶을 바친 야수들의 세계에서 우뚝 서게 되는
박강호의 치열하지만 낭만적인 이야기!

Book Publishing CHUNGEORAM

유행이 아닌 자유추구
WWW.chungeoram.com

궁극의 쉐프

Ultimate chef

가프 장편소설

FUSION FANTASTIC STORY

태초의 우물에서 찾은 사막의 기적.
사람의 식성과 식욕을 색으로 읽어내는 능력은
요리의 차원을 한 단계 드높인다.

『궁극의 쉐프』

요리란!
접시 위에 자신의 모든 것을 담아내는 것.

쉐프란!
그 요리에 자신의 가치를 증명하는 사람.

"요리 하나로 사람의 운명도 좌우할 수 있습니다."

혀를 위한 요리가 아닌, 마음을 돌보는 요리를 꿈꾸는
궁극의 쉐프 손장태의 여정이 시작된다!

Book Publishing CHUNGEORAM

유행이 아닌 자유추구 -
WWW.chungeoram.com